서정적 게으름

서정적 게으름

시인 신동옥의
문학일기

서랍의날씨

작가의 말

이 책에 실린 글들을 쓴 시각이다. 00:16, 00:28, 00:32, 00:49, 00:55, 00:56, 01:14, 01:55, 02:01, 02:14, 02:19, 02:32, 02:33, 03:08, 03:41, 03:48, 04:01, 04:49, 05:28, 06:13, 06:42, 07:04, 07:06, 07:09, 07:45, 07:47, 07:48, 07:54, 07:55, 08:18, 08:39, 08:40, 08:48, 09:30, 09:32, 09:39, 09:48, 09:49, 09:58, 10:21, 10:23, 10:28, 11:09, 11:12, 11:17, 11:24, 11:34, 11:37, 11:53, 12:22, 12:25, 12:37, 12:38, 12:54, 12:59, 13:15, 13:16,

13:22, 13:36, 14:31, 14:32, 14:36, 14:43, 14:50, 15:36, 15:48, 15:52, 16:11, 16:19, 16:25, 16:27, 16:36, 16:40, 16:56, 17:52, 17:53, 18:08, 18:10, 19:06, 19:17, 20:23, 20:34, 21:15, 21:16, 22:10, 22:16, 22:26, 23:09, 23:36, 23:50……. 느끼고 사유하고 몸 부대끼고 쓰고 쓰고 또 썼다. 이 고요한 아귀다툼을 무어라 이름할까? 그것은 한 마리 도올.

중국 신화에 도올檮杌이라는 짐승이 있다. 호랑이보다 큰 몸집이다. 한 자하고도 세 치가 넘는 털이 몸을 덮고 있다. 꼬리는 스무 자 가까이 되고, 입에는 기다란 멧돼지 엄니가 났다. 난폭한 성격에 싸우기를 좋아해서 극악무도한 짓을 일삼았고, 한번 싸우면 물러나지 않고 끝장을 본다. 본시 오제五帝 가운데 한 명으로 고요하고 그윽한 인품을 지닌 전욱顓頊의 자손이지만, 포악한 성격에 다른 이의 의견을 무시하고 가르침을 싫어해서 난훈難訓이라 불렸다. 전욱을 먼 조상으로 섬기던 초楚나라에서는 역사책의 이름을 《도올》이라 하여 경계로 삼았다.

이 책에 실린 글들은 비유컨대, 한 마리 '도올'의 이야기와 같다. 그는 알아내고 가르치기를 좋아하지만 배우기를 꺼렸고, 사람살이가 만드는 관계에 무지했고, 감정을 타산 없이 나누는 데 인색했으며, 사람을 제 안팎에 들이는 데는 천성이 게을러서 간신히 제 사는 땅에 발을 붙이고 살아왔을 따름이며, 아마득하고 서글픈 의심 속에서 열정은 점차 도저함을 잃고, 발바닥이 두꺼워지는 줄도 모르고 천지 사방을 쏠고 다니다가 부끄러운 줄도 모르는 꼰대가 되기를 자처하며, 마지막 구원인 듯 저주인 듯 글줄이나 끼적거리는 일을 업으로 삼아 종이 쪼가리를 묶어 책이라는 이름의 물건을 또 하나 슬몃 내어놓게 된 것이다.

이 책은 누구나 한 번쯤 가는 길을 어슬렁어슬렁 걸어온 한 젊은이의 '헛생각' 뭉치다. 그는 한편 밥벌이의 팍팍함에서 놓여나 허우적거리고, 알량한 자존심이 빚은 무질서한 불안에 스스로 상처받고, 사랑을 갈구하는 이들의 손길에서 비껴 서서 아연실색하기도 한다. 그는 한편 사랑에 빠져 다른 몸을 갈구하기도 하고, 다른 몸을 갈구하는 사유와 느낌이 바다를 밑바닥까지 드러내며 증발시키는 희열에 전율하기도 한다. 그는 찬 가게에 들러 반찬을 사고, 까치집을 얹은 머리 꼴로 밤새 술을 먹고, 난데없이 술을 끊고 기진맥진하며, 책을 내기도 하고, 한 여자를 만나 결혼을 하고, 늦깎이 학생이 되어 밤새 책을 읽기도 한다. 요컨대 그는 누구나 한 번쯤 가는 인생의 삼십대를 어기적삐기적 걸어온 한 젊은이일 따름이다.

사사로운 일상과 삿된 상념들로 가득한 글들이 책이 되리라 여긴 적 없다. 많은 분들의 도움이 있었음은 물론이다. 정성을 들여 읽고 조언을 해준 친구 서대경, 박정대 형님, 박용하 선배님께 감사드린다. 박장호 시인은 원고를 읽고 초교를 손수 보아 주셨다. 정민 선생님께서 원고를 읽고 제목을 추천해 주셨다. 책을 보면 누구보다 기뻐하실 이승훈 선생님께도 감사의 인사를 올린다. 이 난감한 원고 묶음을 책으로 묶자 격려해 준 김근, 이영주 시인께도 감사드린다.

책을 묶으며 스스로 정한 몇 가지 원칙이 있다. 첫째는 한 인간과 세계와 사물에 대한 평가적인 판단은 되도록 담지 않기. 때문에 실명을 거론하며 쓴 글들은 묶지 않았다. 그럼에도 온전한 이름으로 등장하는 분들은 이미 내 삶에 깊이 틈입한 분들일 테다. 둘째는 변명하고 해명하고 오해를 푸는 데 연연하는 객담을 쓰지 않기. 그럼에도 변명과 오해로 일관한 글이 있다면, 그건 내가 비겁했기 때문이다. 인간은 스스로 돌아볼 기회를 놓친 후에야 거울을 정면으로 바라본다. 셋째는 문학사나 시에 대한 정밀한 조망이나 주관은 쓰지 않기. 그럼에도 문학을 지정적으로 해명하고 해석하는 글이 있다면, 그것은 시로 못 다한 내 욕망을 누설한 투정일 것이다. 시로 마저 쓸 일이다.

이 일기를 쓰는 동안 한 사람의 독자가 내 곁에 있었다. 그는 내 문장을 나도 모르는 지점에서 돌보아 주었고, 이 글이 책이 될 수도 있음을 끊임없이 되새겨 주었다. 마지막 원고를 교정하고 편집하는 것에 관한 세세한 제언을 해주기도 했다. 그는 한 마리 도올을 품은 폭탄과도 같은 내 성정을 받아들이며 내내 곁에 있어 주었다. 그러는 어느 사이 그는 내 곁에 살게 되었다. 사랑하는 아내에게, 그리고 우리가 만들 우리 집에 이 책을 바친다.

약자의 아름다움에 친절하고, 거울을 향해 환대를 베풀며 살고 싶다. 별들이 느릿느릿 마지못해 자전을 끝마치고 죽어가는 새벽빛 속에 눈을 감고 싶다. 그리하여 내내 끝까지 사유했다는 느낌 속에서, 끝까지 느꼈다는 사유 속에서 살고 또 쓸 것이다. 남은 말들은 내내 시로 대신하겠다. 이 보잘것없는 췌언을 함께 읽고 되뇔 여러분에게도 감사의 인사를 전한다.

2015년 1월

- 沃

차례

제2부 작은 보석 상자 안의 속삭임들

제3부 당신이라는 별에 이르는 법

에 필 로 그

제1부 손아귀 속에서 눈뜨는 작은 새

낯선 피

낯선 자들의 형태는 우리의 감각 표면에 아로새겨진다. 낯섦이 타자의 이름을 얻는 순간이다. 우리는 그것들을 타자라고 이름 붙인다. 우리는 우리의 외부에서 타자를 발견한다. 외부에 골몰할 때 우리는 이면에 대한 동경을 멈춘다. 동경이 정지하는 순간에 언어는 더는 움직이지 않고 나아가지 않는다. 무엇을 무엇이라고 부르기 주저했던 그 아마득함은 더는 우리의 것이 아니게 된다. 문자는 그런 방식으로 적히는 것이다.

확정, 고정, 고착과 패착, 알면서도 벗어나지 못하는 저주와 실수의 복기. 운명의 다른 이름은 그리하여 유머다. 무언가를 쓴다는 것은 낯섦에 폭력적으로 개입하는 방식일 수도 있다. 낯섦을 감각 표면으로 받아들인다면, 낯섦이 이면에까지 스민다면, 그 흉터 속에서 살아 꿈틀댈 아득한 감정을 우리가 어찌 '타자'라고 싸잡아서 감각 표면 너머 바깥으로 추방할 수 있겠는가? 낯섦이 근친이 되도록 사유하겠다는데, 우리의 언어가 어떻게 한순간 종이 위에 붙들려 와 기입되겠는가?

낯섦은 주저주저하며 우리에게 '친구'의 많은 이름을 일깨우면서 비로소 언어가 되고, 언어가 언어를 부를 텐데 말이다. 그러니 시인은 낯섦이 형태를 얻도록 버려두어서는 안 된다. 낯섦이 감각 표면에 들러붙는 이물감을 환지통幻肢痛으로 남겨 두어야 한다. 불에 데어 보기 흉하게 부풀어 오른 흉터 속에 가둔 한 마리 짐승과도 같은 언어를 가지고 써야만 한다. 촉 없는, 깃 없는, 움켜쥘 손목조차 잃어버린 모필 한 자루를 움켜쥔 채로.

2014/04/10 15:52

여백 제도사의 삶

양피지에 글을 적던 시절에는 여백 제도사라는 직업이 있었으리라. 그가 사는 집은 담장과 포도 넝쿨이 이어진 옛 삼림 지대, 먹줄로 그어 놓은 제책선製冊線처럼 반듯한 가장자리에는 자그마한 샘이 있겠지. 샘물에는 교회당 첨탑이 비치리라. 그는 태어나면서 미리 채워 넣어야 할 것들을 필름을 감듯 머릿속에 돌려 본다. 그 일은 마치 섀도복싱과 같아서, 울음이 지나간 자리에는 파동이 일었겠고, 서로 다른 높

낮이로 요동하던 내용은 훈김으로 편편하게 잦아들었겠다.

가령 여백을 제도하는 일이란 머릿속에 내용을 처녀 임신으로 수태시키고 순교로 묻는 것, 알파에서 오메가까지 그 시원과 종국을 모두 떠올린 나머지를 그리는 일. 여백 제도사는 빈 대롱처럼 생긴 대나무 펜을 새끼손톱 모양으로 날렵하게 깎고 곁에는 뾰족한 갈대 펜을 세운다.

서진書鎭으로 누를 수 없고 책갈피를 끼워 넣을 수 없는 빈 자리를 만드는 일, 세상의 그 모든 터를 한데 불러 모으는 일, 때로 글씨는 굵고 얇고 눕고 서고 사선으로 가고 기고 꺾이고 잘리고 닫히고 흩어지는데, 삶의 도화선이 타들어 가는 모습을 개미 걸음으로 쫓는 일, 끝없는 이야기의 바깥에 필터를 꽂아 두는 일과 같은 것이어서,

그는 태어나며 한 번 울었고 살아가며 눈을 떴고 마지막으로 한 번 웃었으리라.

웃음은 타들어 간 종이처럼 재색 가루를 남겼으리라.

인간이 태어나 필사할 수 있는 경전은 한 권. 몇 낱의 여백

으로 책은 끝내 해독되지 않을 테고 '갈무리되지 않음이 여백의 본질이다'라고 그는 쓸 것이다. 여백 제도사는 마지막 여백을 제도할 것이다. 그의 묘비명을 앞에 두고 사람들은 잉크와 자와 깃털 펜을 들고 모여들겠지. 개중에는 여백에 맞서서 글씨체를 만들어 꽂는 인간, 여백을 갉아먹어 치우며 채식을 하는 인간, 여백의 맞은편에 금박을 입히는 인간, 여백에 베이지 않도록 풀을 붙이고 묶는 인간.

묘비명에는 인간의 눈으로 읽을 수 없는 거대한 터 하나가 뿌리를 내리겠지. 향료와 시든 꽃다발일랑 치우고 먹먹하게 수증기를 뿜어 올리는 증류수 한 병이 잉크를 대신하겠지.

> *"네 비밀이 더는 너를 중독시키지 않기를! 내 마음에 대해서만 존재했던 것은 너를 사랑할 사람들의 공통점이 될 것이다. 꽤 드문 사건들의 다행스런 산물인 너. 그리고 그 사건들을 낳을 만했다고 평가될 수 있을 정도로 그것으로 충분히 강해진 너. 바로 그 네가 비길 데 없는 소박함과 진주처럼 환대하는 네 언어의 질서로 세계를 버티게 한다."*
>
> *- 조에 부스케Joë Bousquet, 《달몰이》*

2014/02/08 02:14

눈의 주인공

눈이라는 단어와 합쳐져 만들어진 명사는 대개 아름답다. '눈사람'이라는 단어는 있지만, 얼음사람이나 물사람이나 불사람이라는 단어는 없다. '눈꽃'이라는 단어가 있고, '성에꽃'이라는 단어가 있다. 겨울 산 그리메 굵디굵은 나무 가지가지마다 피어난 눈꽃이 주는 아마득한 청량감이랄지, 겨울 아침 창밖에 피어난 투명한 성에꽃이 건네는 서늘한 안부는 마지막 계절의 첫 다짐을 일깨운다. 이른 아침 첫발자국이 찍힌 눈길을 보면, 밤새 누군가 내게 인사를 건네려 살짝 다녀간 것은 아닌지 친구를 손꼽아 보게 된다.

드세게 휘몰아치며 공중으로 날아오르는 눈보라와 눈보라의 끝에 서는 눈기둥이 주는 환상적인 느낌은 또 어떤가? '눈보라 속을 날아서'라고 직역할 수 있는 영어 표현은 '환상이나 환몽, 나아가서는 환각에 사로잡혀'라는 뜻이다.

눈빛이 재색으로 변하고 검은 구정물이 되어 흐를 때 우리는 지난밤 소리 없이 내리던 눈송이를 다시 떠올리는 것이다. 그리하여 우리의 일상이라는 것은 눈의 흰빛과 재색 사이를 끝없이 오가는 것인지도 모를 일. 북구의 한 감독은 재색으로 변해 버린 눈 더미 속에 파묻힌 인간의 냉랭한 마음을 그리기도 했으니, 그 제목이 바로 〈겨울 빛〉이다. 한 시인은 눈 내리는 소리를 '머언 곳에 여인의 옷 벗는 소리'라고 했고, 한 시인은 '늦은 저녁때 오는 눈발은 변두리 빈터만 다니며 붐비다'라고 썼다.

물체 주머니를 들고 학교 운동장을 온통 차지했던 시절을 떠올려 보라. 돋보기로 보았던 눈송이를 다시 머릿속에 그려 보라. 눈은 사전에 이렇게 뜻풀이가 되어 있다. '공중에 떠다니는 김이 찬 기운을 만나 얼어서 땅 위로 떨어지는, 희고 여섯 모가 난 결정체.' 돋보기 아래 펼친 신비한 프랙털의 가지

구조와 꼭 맞아떨어지는 뜻풀이 아닌가! 하지만 뭐니 뭐니 해도 아이들과 강아지가 눈의 주인이다. 세월이 다시 열 번 바뀌어도 우리의 아이들이 붉게 달아오른 조막손으로 눈 뭉치를 다지는 모습이 행복을 일깨운다.

그리고 그 곁 어딘가에는 겨울의 살림살이를 셈하며 일터에서, 집에서 눈 내리는 빈터를 바라볼 우리가 있겠지. 언젠가 눈밭에 나란히 누워, 아이들이 뛰어다니는 양을 행복하게 지켜볼 우리가.

겨울이다.

첫눈이 내렸다.

2012/11/06 16:19

서정적 게으름

춥다. 아침에는 영하 8도까지 떨어졌다. 켈빈Kelvin이나 셀시우스Celsius와 같은 이름들은 온도와 관계된 사람들이다. 셀시우스 마이너스 8. 잠자리에 들어서는 내년에 어떤 소원을 빌고 싶은지 이야기했다. 같은 시간에 일어나 정해진 시간만큼 책을 보고 하루 치 생각들을 노트에 정리하고 집으로 돌아와 밥을 먹고 뉴스를 본 다음 자기 전에 일기를 쓰고 마음이 동하면 작품도 간간이 써 가며 정해진 시간에 정해 놓은 시간만큼 잠을 자는 것이 소원이라고 말했다. 아내는 "그런 소원이 어디 있남?" 한다. 만델슈탐Mandel'shtam은 "주의력은 서정 시인의 위업이며, 평정심을 잃고 산만한 것은 서정적 게으름에서 나온 도피다."라고 썼다. 고립되어서 죽을 날을 모른 채, 죽을 날을 기다리며.

'서정적 게으름'이란 어떤 상태인가? 나는 그걸 누구보다 잘 안다. 그렇게 살아왔으니까. 서정적인 게으름 속에서 사람들은 시를 읽고 평가를 하고 이야기를 나눈다. 어떤 작품이 걸작인지를 결정하는 것은 시 그 자체가 아니라 서정적인 게으름 속에서 태어나는 말이다. '말'을 가지고 걸작인지 아닌지 결정하기 위해서, 말들은 저희끼리 결합한다. 말들이 결합할 필요성, 즉 이론은 이렇게 해서 태어난다. 게으름 속에서 지껄이다 보면 말들은 결합하고 우리도 모르는 사이에 이론 하나가 태어나서 우리 주변에 커다란 등우리 하나를 만들고 우리를 가두고 있는 지경이다.

동시대를 산다는 것은 완료된 평가 속에서 개인으로 올곧게 살아남기 위해 악전고투를 벌이는 일이다. 기껏 이름 하나를 고유 명사에서 보통 명사로 옮기는 일에 바쳐지는 삶이라니. 정찰제로 완결되는 이름들의 시장-자본주의. 당장 눈앞에 어떤 일이 불어닥칠지도 모르는데, 사람들은 왜 행복해야만 한다고 생각하는 것일까? 갑작스레 주어진 뚱딴지 같은 선물을 두 손으로 받들어 안고 전당포 문을 기웃거리는 노름꾼처럼.

방학에는《고야》와《카라마조비》를 읽기로 했다.

노트북 배경 화면에 고야의 그림을 펼쳤다.

프란시스코 호세 데 고야 이 루시엔테스Francisco José de Goya y Lucientes, 〈눈먼 기타 연주자(1778)〉, 마드리드 프라도미술관.

2013/12/16 11:09

여행 또는

끝나면, 끝난다면…… 여행이 안겨 준 (서정적인) 정열이 어떻게 또…… 그렇게 기억에서 사라지기 쉬운가를 생각할 겨를도 없다. 그렇지 않고서야 저마다 울음을 터뜨릴 이유는 없지 않나. 석양이 밝으면, 저녁이 오면, 아니 해가 지고 다시 또 하루가 지난다. 이런 특별한 날은 다시는 반복될 수 없음을 깨닫고 그날들을 멀리 보내기 위해 달력에 표식하고, 표식을 접어 낱장으로 버리며 아쉬워하고 그리워한다. 대개 그러한 비상한 노력은 감정을 억누르고 감상을 접고 그날과 그 곳을 자신으로부터 멀리 보내려는 몸-부림.

그이는 여행을 모르고 그이는 떠남도 모르고 그이는 궁극을 모른다. 그이는 자신의 '이곳'으로 돌아오려 할 때마다 자신만의 실질적인 논리를 버린다. 그이에게는 모든 것이 불가피하기에 '더는 떠남과 정처 없음에 들리지 않으리라', '이제는 시선을 내가 선 이곳으로 돌리리라' 어렵사리 다짐하곤 하는 것이다. 무심한 추억거리로 남겨지고 말 것들; '어제는 소풍을 갔어, 난 보물을 찾았고 공책을 5권 받았지, 돌아오는 길에 6학년 형을 때려 주었지, 나는 그 기억을 도금해 내 주먹 속에 간직했어, 모두가 보았으니까, 너도 알지?'라고 소풍이 끝나고 나서 말한다.

나는 그렇게 될 수 없었다. 얇은 도금을 한 일상이나 고상한 청동을 입힌 아포리즘은 웅숭깊은 터를 길어 올리고는 한다. 나는 그렇게 될 수 없었다. '이게 마지막, 절대로, 이제 다시는' 생각할 때마다, 예를 들어 1987년의 이 소풍은 이제는 마지막이니 내일 학교에 가는 순간 아쉽고 아련하겠지? 생각할 때마다 병적인 상상의 강박은 시작된다. 나 자신을 지키기 위해 물려받은 서정적인 정열은 바로 거기서 연유한다 말하고 싶다.

나는 기민하게 움직이며 쓸데없이 많은 것을 상상한다. 병적인 신경증과 무관심에 시달린다. 움직임 속에서 나의 상상력은 걷잡을 수 없이 재바르다. 나는 그것들을 의도적으로 놓친다. 끝내 무엇이 되었든 누가 되었든 무엇과 누구를 품어 안는 사이가 되었든, 나는 나를 용납하지 않는다. 그것이 무어고 어쩌고 간에 나의 상상력은 너무도 빨라서 그 모두를 나로부터 앗아 간다. 마침내 앗긴 나를 나의 기억 속으로 몰아넣는 것이다. 차라리 과민증이었다면 나는 앗긴 채 존립했을 것이다.

감각을 감정을 정서를 일깨우는 어떤 가치들이 발명되는 찰나들이 있었다. 내가 단 한 뼘만, 단 한 치만 벗어나도 어쩔 수 없을 강렬한 기억의 메아리들이 살아서 앗긴 내 기억을 덧칠했다. 개칠했다. 그래 나는 그렇게 될 수 없었다. 빤한, 잊히는, 잊어야만, 잊기 쉬운, 잊을 수밖에 없는 통과의 제의들을 완고한 배음에 덫으로 깔아 둔 것인지도 모른다. 내 삶은 결국 그 덫에 걸려 버둥거리는, 잊어야만 했던 비극들과 차라리 잊기 위해 발버둥 친 무가巫歌들로 만들어진 것이리라. 십 수년을 그 덫에 걸려 저 홀로 커 가는 틈에서 내 기억은 시로 향했다.

나는 그것이 시라고 생각했고, 시는 나를 발견했다. 그 틈

새기에 낀 모든 편·장·자·구는 나라는 기억을 벗어나지 않았다. 그곳을 지나온 나를 발견한 앗긴 나는 그럴 수밖에 없는 나를 문득 무변하게 가둔다. 넌 이미 잠든 채 죽었구나. 안경알을 씹으며 나는 말했다.

2010/01/17 06:13

꿈꾸지 마라, 다른 세상은 없다

인내, 인간은 스스로 돌아볼 기회를 박탈당한 후에라야 거울을 정면으로 본다. 응시한다. 인내의 결과는 고통이고, 새로운 고통을 사기 위해 새로운 공포를 판다는 것을 안다. 고통의 결과는 공포이고, 인내를 없애기 위해서는 새로운 인내가 필요하다는 것을 안다. 시 속에서 너무도 많은 '자아'들이 너무도 많은 것들을 인내해야만 했다. 아무도 죽지 않는 나라에서 염장이는 어떻게 살아남을 수 있겠는가? 앞에는 가시와 불길이 치솟는 평원이 끝없이 펼쳐지고, 뒤에서는 태어나 한 번도 본 적 없는 폭풍우가 뒤쫓고 있다. 이제 우산을 펼칠 차례인가? 피부가 아직 알지 못하는 빗방울을 받을 차례인가? 불을 택할 것인가? 물을 택할 것인가? 우리의 살인자들마저 살해당하는 나라에서 누가 관을 만들어 끌고 갈 것인가? 어쩌면 내 시가 말하는 희망이란, 우리가 불행이라는 이름의 시험에 불합격했다는 사실이 주는 안온함.

어린 시절에는 철로에 앉아 해바라기를 했지. 녹아내리는 부젓가락처럼 길게 뻗은 레일 위에 구슬이며 동전을 올려 두고 기차가 지나가기까지 한참을 앉아 기다렸어. 파직, 불길이 지난 자리에는 눌어붙은 유리 조각이며 동전. 그걸 주워 들고 뒤꼍에 앉아 불을 지폈지. 녹슨 프라이팬 위에 동전과 납을 놓고 한참을 녹여서 만질만질한 목걸이를 만들어 목에 걸고 다녔지. 누구와도 바꿀 수 없는 자본을 만들어 주머니에 넣고 다녔다고나 할까? 오랜 시간이 지나고 다시 그곳에 돌아가 보았더니 역 광장은 손바닥만 하고, 철로에는 새로운 풀이 돋아나 있더군. 역시 제일 좋은 길은 한 번도 가 보지 않은 길. 나는 바랐지. 내 아버지가 뱀장어를 만 마리쯤 죽이고 피를 마신 도살자이기를, 그리하여 그 피가 내 혈관을 가득 채우고 흐르는 양을 내 시가 바라보고 견뎌 주기를. 역시 가장 좋은 아버지는 아직 태어나지 않은 아버지이고, 가장 좋은 시는 아직 쓰이지 않은 시인가? 먼 훗날 돌아보면 그곳에도 항시 새로운 풀이 자라고 있겠지. 그러니 꿈꾸지 마라, 다른 세상은 없다.

2005/01/07/ 11:53

눈과 얼음의 계곡을 물리치고 나에게 돌아오라

흰 눈과 검은 계곡을 멀리하고 서울로 돌아오라.

라고 누군가 엽서를 써서 보냈다. 열아홉의 내가 스물의 나에게로 보낸 엽서에 그렇게 썼다. 남양南陽은 안녕하고, 그리스도는 멸망을 자초하면서 인간의 자유 의지를 증명한다. 태어나는 순간부터 자신에게 주어진 모럴이라는 직접적인 삶의 기반에 등을 돌리고, 자유 의지를 입증하는 무신론자의 길을, 허무주의자의 길을 그리스도는 붓다는 유다는 걷는다.

흰 눈과 검은 계곡에서 벗어나 나에게 살아 돌아오라.

나에게로 돌아가 너의 역천逆天을 완성하라.

앙리 미쇼Henri Michaux를 물리치고, 칸트와 코란을 번갈아 읽는다.

순천에는 눈이 꽤 왔단다. 눈이 내려도, 와서 덮여도 덮인다 해도, 평원도 지평선도 사막도 없는 나라가 무슨 나라라는 말인가? 시간은 지나간다. 그래, 시간이 지나간다. 지나서, 간다.

die zeit vergeht

lustig
luslustigtig
lusluslustigtigtig
luslusluslustigtigtigtig
lusluslusluslustigtigtigtigtig
luslusluslusluslustigtigtigtigtigtig
lusluslusluslusluslustigtigtigtigtigtigtig
luslusluslusluslusluslustigtigtigtigtigtigtigtig

\- 에른스트 얀들Ernst Jandl

2010/12/27 02:47

그 누구의 꿈인가 비가 내린다

새벽 빗소리에 잠에서 깼다. 등을 켜 낮추어 빛을 깔아 두고 초를 켜고 향을 살랐다. 천장을 마주 보고 눕는다. 머리가 아니라 가슴속에서 많은 문장이 쓰이고 연달아 쓰여서 나도 모를 말씀을 지닌 글줄이 되어 가는데, 그것이 쓰이고 지워지게 그냥 내버려 두었다. 미약한 빛으로 해가 뜨는가, 해서 창을 온통 열었더니 빗줄기는 사그라질 것처럼 고요했다가 다시 작정한 듯 흩뿌린다.

이른 아침 새벽비는 내리고 벌거벗은 내 마음 갈 길을 잃었나
네 줄기 갈래 길과 아홉의 환상, 흙 묻은 구두 한 짝이 들판에 버려져 있네

말씀의 이 세계 날 구할 수 없네 무언의 대지 위엔 나를 깨우는 꿈
저 바람 속에 검은 새 날을 때 침묵을 기르는 비가 내린다

경계의 저편 아득히 함성이 울려도 나는 들을 수 없네 순례자의 북소리 잠든 나를 깨우나
저 억만 개의 빗줄기 그 누구의 꿈인가 비가 내린다

이른 아침 새벽비는 내리고 벌거벗은 내 마음 갈 길을 잃었나
미명의 저 언덕 위에 지명 없는 이정표 슬픈 이방인이 나는 되었네

나는 오늘 떠나리 새벽비 맞으며

나는 오늘 떠나네 새벽비 맞으며

- 김두수 작사, 김두수 편곡, 〈새벽비〉

(원곡은 고든 라이트풋Gordon Lightfoot, 〈Early Morning Rain〉)

비안개를 헤치고 나는지 새 울음소리 들리는 곳으로 고개를 돌리자니,

보리똥나무 가지 바깥 어스름 속으로 그림자 한 뭉치 재빠르게 비낀다.

2013/02/01 09:30

무한의 감정사

새벽이다. 잠이 오지 않아 찬물에 몸을 씻고 앉았는데, 글이 눈에 들어오지도 않는다. 그러니까 이건 배설. 의지가 없는 글쓰기다. 자동 기술은 자동으로 무엇인가를 기술하려는 제 의지를 기술한다. 자동 기술은 자신의 의지의 기술이다. 자동한다는 것. 그러니까 이건 자동 기술이 아니라 배설.

무엇을 베낀다는 자각이 없이 무엇인가를 베끼는 작품들이 글이라는 이름으로 횡행할 때, 과연 나의 글은 베끼고 훔치고 속이며 쓰이고 읽히고 폄훼하고 고양되고 무시되고 내팽개쳐지는 글의 유통 경로의 명확한 행로 한가운데 놓였는지. 그러니까 이건 감정의 배설.

나는 무엇도 목표로 삼지 않는다. 나에게 목적이 있다면 그것은 시일 것이다. 목표가 없기에 나는 끝내 천둥벌거숭이다. 나는 나라는 일인칭의 경험을 소유한 적 없다. 나는 나를 가질 겨를을 두지 않는다.

나는 나의 선택을 방어하기 위해서 삶을 소비하고 있는 것인지도 모른다. 치졸한 나날의 선택을 방어하기 위해서. 아니 한때의 선택을 나 없는 삶으로 돌리기 위해서 나의 오감은 작동하는 것인지도 모른다.

나는 나를 선택하는 삶을 선택하지 않은 것이다.

나는 내 인생을 선택하는 삶을 선택한 적이 없다.

라디오에선 브람스 피아노 소품 Op.118이 흐르고.

나의 책에선 막 마르크스의 세 아이가 차례로 죽었다.

2011/10/02 05:28

사랑의 정언명법, 그 옷을 빌려 입은 당신 1

누군가의 시를 둘러싼 '실패의 해설'이 실패로 난무한다.

어떤 이는 '실패의 변증법'이라는 제목으로 서평을 쓴다.

실패에 변증법이 있다면 죽음에도 변증법이 있을 테고 귀신의 질서에도 변증법이 있다는 말이 되는데, 그게 말이 되는가 싶다. 실패라는 단어는 본질적인 조건이라서, 결국 시인이 된다는 것은 실패한다는 것이고 실패를 받아들이는 것이 시인으로 성공에 다가서는 본질적이고 주된 조건이라는 것이 내 생각이다. 이 때문에 실패라는 말에 '장엄한', '처절한', '위대한' 따위의 수식언을 붙이는 해설들에서 치기를 읽는 것. 그렇게 치장하지 않아도 어떤 시는 그 자체로 성공이고, 성공은 성공한 만큼의 실패를 그늘로 거느린다는 의미에서 가능성의 기도 폐쇄다.

3인칭의 사고. 어쩌면 그는 자신의 삶에서 전개되었고 전개될 모든 단계에서 실패와 가장 거리가 먼 삶과 실패와 가장 친밀하게 지낸 시절을 건넜을 테다. 그의 일상적인 문학·시의 원리뿐만 아니라 사회적·물질적·정서적·감정적 맥락에서의 실패까지도 말이다. 일상적이고 일시적인 감정은 변함이 없어 보이고, 미래는 공고한 성채처럼 뿌리내릴 것만 같아서, 보이지 않는 시간에 대한 기대 속에 망상을 투사하고 나서야 느끼는 막연한 행복. 도취의 피안을 깨부순 것. 정신과 감정이 예상할 수 없는 상호 작용을 일으키면 앞날을 뿌연 '아토포스atopos'로 만들어 상상하게 된다. 상상 속에서 미래를 기대한다. '미래를 기대한다?' 젊은 날의 기대는 어떠한 이성적인 훈계보다도 강력하게 삶을 터닝 포인트로 이끈다. 젊음의 상태는 무시로 삶을 지배한다. 선택의 순간에는 더더욱 그러하고.

한 작품의 형식과 내용이 시인의 삶의 내용과 형식을 재현하고 있다고 치자. '작품 자체'라는 표현이 시인의 삶의 진실을 구현하고 있다고 치자. 오직 그 순간 시는 시인의 '삶'에 충실하다. 오직 그 순간 시는 이른바 '진실'을 드러내는 부수적인 목적으로 시 그 자체에 봉사할 수 있다. 시인의 삶은 그 순간 목적을 가지고 자신의 삶과 시를 '이행'한다. 진실은 강제를 통해 내재적으로 선취된다. 이행의 순간이다.

나는 안다. 시인에게 자신의 진실은 자신의 내부에 잠시 가까스로 존재하고 있어서, 나는 내가 시를 쓰는 것을 보는 것만으로 내가 누구인지 알 수가 있다. 내가 시를 쓰는 것은 못에 망치를 치듯, 나사에 드릴을 돌리듯 실제적인 작업이 아니다. 내가 시를 쓰는 것은 영원히 잠재적이어서 내 삶이 이행을 멈추고 강제로 시를 멈추는 순간에만 비로소 진정한 자신이 될 수 있는 것. 나는 지금 죽음으로 진정에 이르는 길을 말하는 것이 아니다. 어떤 진실이 삶과 강제로 결합해야만 하는 '필요'를 말하고 있다.

나는 나를 믿을 수 없다. 이 자기 회의와 실망, 실패에 대한 친근감, 모든 시인과 시를 따라다니는 무능함에 대한 선병질적인 공포. 절박한 욕구 그러나 아무도 알 수 없는 모종의 협잡으로만 자신을 완성하는 욕구의 절박함. 내가 원하는 것은 그것이 무엇이든지 얻기에 매우 어렵고 함께하기에 오래 걸리며 언제나 고독하기까지 하다는 것을. 그러기에 언제나 박살 날 가능성이 있고 박살 날 가능성을 알기에 배웠기에 박살 나고 깨지기가 두렵지 않고. 당신의 다친 발이 내 앞길을 막을 수는 없어요. 결국 시인이 되는 것은 실패하는 것이며, 실패를 받아들이는 것이 시인으로 성공하기 위한 주된 동기였다.

베케트Beckett는 말했다.

> *"표현할 것이 없으며, 표현할 도구가 없으며, 표현할 소재가 없으며, 표현할 힘이 없으며, 표현하고자 하는 욕구가 없으며, 표현할 의무가 전혀 없는 표현이 나의 신조다."*
>
> *"나는 행복해지는 재주가 없다."*
>
> *– 제임스 로드James Lord, 《자코메티 – 영혼을 빚어낸 손길》 재인용*

모호함과 불확실성을 천성으로 가지고 선량한 얼굴에 무관심을 가장하는 양면성으로 당신을 대한 것은 아닌지. 서로에게 도움을 받으며 서로의 미래에 의무를 지니는 것. 지난날의 상징적인 망명 생활에서 비로소 삶으로 귀환한 것은 아닌지. 이제 내 앞에 일상이라는 보통 명사는 존재하지 않을 것. 나는 행복해지는 재주가 없다. 나는 행복해지고 강해지고 건강해지려는 의지가 없다. 당신이라는 예외 상태를 받아들이기 위해서는 행복이라는 지경으로 나를 유예할 수 없기 때문이다. 시라는 예외 상태를 받아들이기 위해서 행복으로 나를 유예하지 않기. 한계이자 경계인 지경으로 순식간에 이동하기. 실재이자 비실재로 한순간에 둔갑하기. 단어 안에 '나를 대신할 등가물'을 욱여넣기. 나의 등가물과 나의 무능의 완벽한 배치. 읽기. 쓰기.

2013/09/25 11:53

인간의 말을 잊어버린 앵무새가

인간의 말을 잊어버린 앵무새가
마치 앵무새 부리란 이런 데 쓰라고 만들었다는 듯이
공기주머니에서 바람이 빠지는 줄도 모르고

마치 앵무새 날개란 이런 데 쓰라고 만들었다는 듯이
무지갯빛 깃털을 흩날리며

따라 해 봐
'이게 죽으면 우린 끝장이란 말이다'

발가벗겨진 궁둥이로 새장을 긁어 대며
앵무새의 말로
앵무새에게 증오를 가르친다.

"꽉꽉 꽉꽉꽉 꽉꽉 꽉꽉꽉꽉 꽉꽉꽉"

마치 그런 앵무새가 되어 그런 기분으로 보내는 하루.

머릿속에서 시를 불러 주던 사유의 목소리가 잦아들고 있다.

누군가 커다란 방사능 노출 방지 덮개를 두개골 안쪽에 덮어씌운 것만 같다.

두께 20m 방진 차단 주기 일만 년.

2014/03/05 23:09

$2+1=\sqrt[2]{2}$

소만小滿이라는 절기다. 어떤 의미인지 기억할 수가 없다. 나는 어디에도 숨을 수가 없었다. 어느 봄, 새벽, 어느 술좌석에서, 나는 내 참모습을 보았다. 나는 나흘 동안 집으로 들어가지 않았고, 물이 불어난 강둑을 따라 오래 걸어 시골집에 들어갔다. 후작의 숲에서 길을 잃었거나 나를 인도하는 별에서 도망하고 있었는지도 모른다. 셔츠의 셀룰로이드 깃은 샛노래졌고, 주워 든 지팡이에 상체를 돛대처럼 펄럭이며, 마치 사진틀 속에 존재하는 것처럼 풍경 일부가 되어 대문 문고리에 손을 얹은 것이다. 이 공포와 분노와 막막함은 격세 유전되는 것이리라. 그리고 죽을 때까지 사라지지 않겠지.

꿈속에서 태어나서 대문 앞에 버려진 어떤 동물은 누더기에 싸인 채 몸을 모로 괴고 누워서 마치 두 개의 포도 알맹이 같은 흐리고 깊이 없는 눈알로 나를 올려다보며 뜨거운 분홍색 혀로 내 신코를 핥고 있었고, 바람에 털은 반짝반짝 부드럽게 이리저리 쏠리며 마치 사막의 여우나 담비의 털 같은 어울리지 않는 호사스러움을 간직한 채, 발톱은 피에 굶주린 야생의 수성을 고스란히 담아 축소해 놓은 듯, 보드라운 터럭과 보푸라기로 이은 새 둥지에서 주둥이만 내민 채 짖어 대는 굶주린 새끼 새처럼, 꼬리와 기생충과 같이 하찮은 페니스 끝에 맑은 오줌 방울을 매단 채, 예기치 못한 장난기를 보이기도 하는데, 그 아이의 콧잔등은 눈물을 참는 듯 주름이 잡혀 짜글짜글한 것.

"어머니 저 개를 키우면 안 될까요?"

"언젠가는 네가 먹게 될 텐데."

새벽부터 이런 기억들을 더듬는다. 개의 이름은 무엇이었나? 하긴 나는 개에게 이름을 붙이는 집에서 산 적이 한 번도 없다. 연구자 집단, 수도자 집단, 씨족 집단들이 세상에서 가장 위선적이고 비윤리적이고 제 이익 안에서만 합목적적이고, 그 합목적성은 진리와 구원과 유전되는 삶으로 포장된다. 삶에 대해 처음 답답함과 허기를 느끼는 순간 시작이다. 죽음까지 함께할 끝이다. 손톱만 한 증오와 광기와 위선이 필요하다. 아주 작디작은 딱 그 정도만큼의. 새벽엔 팔다리가 부러지고 가슴이 파헤쳐진 애인을 들쳐 메고 거리를 헤매는 꿈을 꾸었다. 친구들은 이제 죽은 자일랑 그만 업고 다니라고 내게 핀잔을 주었다. 단골 술집에서 주사를 부리다 쫓겨나는 일상. 내 삶은 대책 없다. 그래서 통쾌하다. 뼛속에 새겨 놓은 위악의 더러움으로 나의 구약은 계속된다. B.C. 8세기에서 B.C. 6세기 사이로 경전을 새기는 철침 같은 비가 내린다. 어젯밤 10시 40분 조계사 입구에서 대웅전 쪽으로 하늘을 가득 메운 연등은 아름다웠다. 버스는 몇 개의 대학 근처를 지나왔고, 낯선 캠퍼스는 축제로 들썩였고, 축제 속에 낯선 자들의 흥성거림이 눈물겹도록 고요하게 낯익었다.

2010/05/21 06:42

횔덜린의 원고료

새벽에 횔덜린Hölderlin을 마저 읽는다. 횔덜린은 말했다. '고료는 불행한 사람들에게 되돌아가는 지원금'이라고. 재보가 한 바퀴 돌아서 다시 '마땅히 돌아가야 할 사람에게 가는 것이 바로 고료'라고. 글을 '쓰는 일'은 '글을 쓴 자'에게 허락되는 일이 아니라고.

횔덜린의 말에 따르자면 이 세상에 고료를 받을 수 있는 글을 쓴 자는 죽은 자들뿐이다. 아니라면 적어도 살아 있는 동안에는 어떠한 글을 쓰더라도 고료를 받을 수는 없다. 빵과 장미, 포도주와 서책, 바람의 희디흰 등허리 같은 것들이 고료이려나? 모를 일이다.

2013/02/18 04:49

12
월
1
일

‘서가는 시간과 먼지가 가장 잘 합쳐진 곳’이다.
라몬 고메스 데 라 세르나Ramón Gómez de la Serna는 말한다.

유리로 된 원형 천장을 누르는 구름
바람의 칸막이 서가

라몬 고메스 데 라 세르나는 말한다.

'두개골은 죽은 시계다.'
'개미집은 대지의 위암이다.'

개미 더듬이를 움직이는 비.
죽은 시계를 강하게 때리는 비.

나는 내리는 물속에서 한국어 모음을 듣는다.
나는 내리는 물속에서 한국어 자음을 채록했다.

비가 그치자 서가를 박차고 거리로 나갔다.
척척한 12월의 담장에 재색 장미를 그렸다.

2012/09/13 09:48

읍泣혈血의 동선

지난주에 받은 유의미한 메일은 선생님의 메일과 어떤 독자의 메일이었다. 앞의 것은 약 10초간 맥 빠지는 죄의식을 충동했고, 뒤의 것은 약 3초간 넋을 잃게 하였다. 독자는 전남 고흥 사람이었다. 서로 고향이 같다는 것이 대관절 무슨 상관인가. 그것은 이제는 하잘것없는 매개일 뿐이다. 접점도 찾을 수가 없을 것이다. 내게 고향은 정신의 대상이자 펜 끝의 주체이다. 그것은 다시 정신의 주제이자 펜 끝의 대상이다. 동향인, 동문수학한 사람, 무슨 '동同'들, 그 한가지들을 보며 어떤 공속감이나 위로를 느끼는 일은 내가 급속한 변화를 맞이하기 전에는 없을 것 같다. 여기엔 가족도 포함된다.

어떠한 용해적 비전 속에 서 있다. 최소의 신성과 숭고 내지는 그것을 담보할 위의威儀는 세속적인 것이 된다. 인간은 삶의 주체이자 대상이다. 인간의 능력은 가능성이자 한계치이다. 빠저린 노동과 추레한 노동과 무미건조한 노동과 비열한 노동. 영혼이 산산조각이 나는 대가로 주어지는 재보는 어떠한 가치와도 무관하다. 근대는 중세적인 빈곤을 체계의 빈곤으로 대체하면서 상하를 구분한다. 현대는 근대적인 빈곤을 산산조각이 난 중심마저 없는 용해된, 산포하는 체계의 빈곤으로 대체하면서 상하를 구분한다. 빈곤은 더 처참하고 악순환한다. 그 어떤 가치를 찾아서 긍정하는 것은 중요치 않다. 그 어떤 위로라는 대항 관념을 만들 것인가를 생각하는 것이 중요하다. 사회와 용감하게 분리되면서 비열과 비참마저 견딜, 법정法頂이나 소로Thoreau와 같은, 태도는 '반성적 이념'의 자리에서 대타적으로 기능한다. 나는 위로가 필요하다. 그리고 위로가 필요한 서로를 발견하기에 나의 눈은 어둡고 나의 손은 차고 나의 가슴과 머리는 진동한다. 여태도 인간이 바라는 것은 불가능한 가능이다. 희생이 없는 세계, 망막에 꽂히는 빛살의 떨림으로 흩어지는 어둠이다.

그러나 번번이 어떠한 정신적인 연대와 근원적인 교감의 차원을 기약하고 바라면서도 아무것도 하지 않고 뒷걸음질 치는 것이 나의 못돼 먹은 성정이고, 또 다른 한편에서 매일 매일 나날의 고립감 속에 자신을 가두며 동떨어져 침잠하며 부질없게 내버려지는 것이 나만의 못돼 먹은 연기관緣起觀이다. 흩어지는 어둠으로. 진동으로. 누군가 썼다. "화살이 과녁에 이르지 못하는 건 중요치 않다. 오히려 그게 좋다. 아무것도 노획하지 말 것. 아무에게도 상처 입히지 말 것. 중요한 건 활공하며 탄도를 만들며 밀침이며 상승하며 날아간 대가로 주워지는 구획, 허무의 공간에 꽂히는, 화살의 그 떨림으로 흩어지는 어둠이다.(호세 에밀리오 파체코José Emilio Pacheco, 〈화살〉)" 허무주의를 극복하고 종합이라는 인간의 정신의 마지막 잠재 능력을 믿어 가며, 아직도 희망에서 희망으로 유전되며, 희망으로 머물 뿐인 인간적인 꿈과 물질적 세계 현실의 종합이라는 자유를 향한 오체투지. 운동은 끝나지 않을 것이다.

이토록 나약한 나의 삶과 가난하고 허약한 나의 언어로 밀쳐야 할 그 운동. 소비재가 되고 관광재가 되기를 주저하지 않는 문학 매체의 자기 분신 안에서. 그나마 소비재도 관광재도 못 되는 시라는 물질. 그 도구이자 목적으로.

시몬 베유Simone Weil를 빌자면, "권리와 개인과 민주적 자유를 보호하는 데 관계하는 기관들 외에, 불의와 거짓말과 추함 속에 영혼을 파묻는 현대적 생활의 모든 것을 폭로하고 제거할 목적을 위한 다른 기관들이 만들어져야" 하고, 그러한 기관 가운데 가장 실현할 수 있고 실제적인 기관은 아마도 이 땅에서 쓰이는 서정시일 것이다. 그 무수한 실패가 만들어 내는 새로운 국가 기관 장치. 실패로 기능하며 엮어지는 태피스트리의 무늬. 이복과 동복의 계보.

밥 먹고, 읽자. 오늘은 혜경궁의 《읍혈록泣血錄》이다.

2011/12/05 19:17

나물 | 삶

내 잠은 대체로 얕다. 새벽엔 발바닥을 말아 쥐고 일어나곤 한다. 후추와 소금으로 간하고 부추를 띄운 계란국에 밥 말아 먹는다. 라디오에 책 조금. 허브차. 산바람(젖은 바람이다). 모르는 자가 보내오는 책들은 섬뜩하다. 시인의 말을 7음절로 줄였다. '안녕, 용기를 가져.'

오전엔 반찬 가게에 들렀다. 언덕 너머 전에 살던 도언 형네로 통하는 골목을 돌아서.

"오늘은 일찍 왔네?"

"그러게요."

서리태콩장, 도라지무침, 마늘종무침, 깻잎김치, 파래무침, 장조림. 할머니는 내가 말하지 않아도 이미 주섬주섬 담고 있다. 덤이 전 같지 않다.

숭실고등학교 운동장에 한참 앉았었다. 합주부가 의장 연습을 한다. 큰북 주자가 북을 잘 친다. 지휘자는 커다란 지휘봉을 아직은 요령껏 돌리지 못한다.

운동장에서는 축구부가 연습하고 있다. 축구공을 주워 운동장 안으로 넣는 아이들, 물이며 수건을 챙기는 아이들, 아마도 1학년이겠지. 주전이 못 되어 무시를 당하고 바보 취급을 받는 선배일 수도 있다. 그라운드에 있는 아이들과 그라운드 밖에 있는 아이들은 눈빛과 호흡이 다르다. 그들의 세상이 이미 반으로 나뉘고 있다.

세탁소에 운동화 두 켤레를 맡긴 것을 잊지 말아야 한다. 화요일 오후에 찾아야 한다. 어릴 적, 주말이면 마당 수돗가에 앉아 운동화를 빨았지. 감나무에서 기둥으로는 빨랫줄. 빨랫줄을 추키는 커다란 간짓대를 내려 운동화를 집게로 집어 두고. 햇살에 반짝하고 떨어지는 물방울들. 운동화에서, 한 벌뿐인 낡은 청바지에서, 엄마의 구멍 난 스타킹에서.

《스페인 문학사》를 읽었다.

머리를 풀어 헤친 기타들이 만들어 낸
녹색의 침묵이 있을 거야
기타는 물 대신
바람을 지닌 우물이다.

- 헤라르도 디에고Gerardo Diego, 〈기타〉

2012/09/08 11:37

Zero

누군가 덥혀 놓은 대기다. 천천히 걸으며 부지불식간에 곁에 스며 사이사이 움직거리는 바람을 느끼는 유월이다. 맛 좋은 'New Wall'이다. 그렇게 걸으면 몸의 온도와 대기의 온도가 평형에 이른다. 걷다가 멈추면 비로소 땀이 난다. 균형이 깨졌다는 말이다. 나는 마이너스와 플러스의 한가운데 눈금 제로에 균형추를 맞추기 위해 무의도의 안간힘을 쓰는 사람이다. 영점 인간.

은행에 다녀왔다. 계좌 이체 한도를 늘렸다. 일일 최대 오억이라고 쓰고 웃었다. 일회 최대 일억이라고 쓰고 혼자 빵 터졌다. 미친놈처럼 말이다. 가혜영 씨가 따라서 웃었다. 가혜영 씨는 업무를 처리해 준 국민은행 여직원이다. 가혜영 씨 점심 맛있게 드소서. 나는 오늘부터 하루 오억씩 금융 거래를 할 수 있게 된 영점 인간이다.

2012/06/27 13:36

훔친 의자에 앉아 듣는 은평터널 속의 한국의 밤

바퀴가 달린 의자가 생겼다. 등받이가 있고, 뒤통수 받침이 있는 의자다. 바퀴가 달린 의자에 앉아서 무언가를 읽고 쓸 거라는 상상을 한 적 없다. 바퀴가 달린 의자를 갖고 싶다는 생각을 하지 않았다는 사실이 외려 신기하다. 지난 11년 서울 생활을 지켜 준 의자는 부끄럽게도 서울시립대 도서관에서 훔친 것이다. 훔친 의자를 나선형 철제 계단이 있는 옥탑 가건물 내 방에 들이면서 의자와 정이 깊어진 것이다.

훔친 의자에 앉아 등단했고, 연애했고, 헤어졌고, 여동생들을 괴롭혔고, 자위했고, 술을 먹었고, 시를 썼고, 토했고, 불면을 앓았고, 섹스를 했고, 시집을 낸 것이다. 훔친 의자를 버리려고 대형 생활 폐기물 신고를 했다. 2,000원. 차마 버릴 수 없어서 작은방에 치워 놓았다. 훔친 의자에 앉으면 어느새 등허리가 아프고 목이 배기는 서른여섯 운동 부족의 몸이 되었다. 문득 내 삶의 모든 의자를 하나하나 되새겨 본다. 증조부가 죽자 사방이 닫혀 버린 그 휑뎅그렁한 방에 들였던 의자, 고흥을 떠나기까지 앉았던 짙은 초록색 탁자와 목재를 대충 못질해 만든 의자.

의지, 의자, 의지, 의자여. 나는 언젠가 의자라는 시를 쓰다 실패했다. "이 기계는 작동한다. / 당신이 웃는 거기 / 하얀 뼈가 걸어간다." 나는 또 바퀴가 달린 의자에 적응해 나가겠지, 나도 모르는 사이.

"자유롭게 내가 원하는 일을 하는 게 좋아요. 나는 똑같은 베이스 라인을 반복하지 않아요. 〈Good times bad times〉 같은 곡에서도 조금은 변화를 주지요. 우리 모두 이런 자유를 사랑하며, 그러기 위해서는 서로를 잘 알아야 합니다."

- 존 폴 존스*John Paul Jones*, 〈롤링 스톤*Rolling Stone*〉과의 인터뷰

2012/08/09 00:32

적몽, 당신이 꾸는 꿈

'적몽馰騄' 하고 발음해 본다.

적몽은 수소와 암나귀 사이에 난 말의 이종이다. 소와 말 사이에서 난 것은 '특特'이다. 인간들이 흔히 말이라 뭉뚱그려 부르는 그것들. 말 이종의 계보는《이옥 전집》에 자세하다. 그러니 적몽은 꿈이 아니다. 허나 적몽은 어쩔 수 없는 상황 속에 갇힌 자의 헛생각을 떠올리게 한다.

1939년 1월 독일의 폴란드 침공 당시 벤야민Benjamin은 수용소에 감금된다. 그리고 3개월. 수용소에 감금된 석 달 동안 벤야민은 꿈을 (프랑스어로) 기록하는 것 외에는 글을 쓰지 않는다. 그는 어느 날 글자를 읽는 것과 아름다운 여인의 몸이 환상적으로 겹치는 이미지를 체험한다. "이 꿈을 꾼 뒤 나는 몇 시간 동안 잠을 이루지 못했다. 행복에 겨워서."

당대의, 선대와 후대를 아우르는, 인간 사회의 역사적 표현들은 꿈의 표상이다. 벤야민은 이어서 말한다. 역사가는, 사상가는 꿈 해석의 왜곡을 풀어야 한다. 비뚤어진 정치의, 메시아의 표상을 바로잡는다는 것.

허나 벤야민은 말하지 않는다.

꿈의 표상으로서의 천사의 왜곡을 창조하는 고뇌는 시의 몫이다. 매듭을 풀어야 할 역사의 왜곡 지점과 끝끝내 써야 할 시의 왜곡 지점은 교묘하다. 둘은 겹친다. 바로 회상의 지점. 회상의 지점에서 꿈 쓰기와 왜곡의 매듭을 묶어 던지기가 흘끗흘끗 나란하다. 그것은 아마도 내가 나도 모르게 기루어 온 고민의 지점일 것이다. 언젠가 누군가가 내게 말했다. 이 자는 소재와 세계와 주제가 한 몸이라서 언제고 쓸 시는 무진장이다. 그이가 내게서 읽은 평가적 판단의 진원지는 회상과 왜곡의 접점. 역사적 표현과 꿈의 표상이 각각 읽히고 쓰이는 자리, 역사와 정치. 역치. 1927년 벤야민은 이렇게 쓴다.

> *"사람들은 '지난 과거'를 특정 시점에 고정하고 바로 이렇게 고정된 것을 향해 조심스럽게 인식의 발걸음을 내딛는 것이 지금 우리가 할 일이라고 생각한다. 이제 이 관계는 전도되어야 한다. 즉 과거는 상반된 꿈의 표상들이 합에 도달하는 깨어남의 과정을 통해서 변증법적으로 확정되어야 한다. 정치는 역사보다 우선권을 가진다. 과거의 역사적 사실들은 우리에게 방금 일어난 일처럼 다가온다. 그러나 이러한 사실들을 확인하는 것은 회상의 몫이다. 깨어남은 회상의 표본적인 경우다."*
>
> \- 베른트 비테Bernd Witte, 《발터 벤야민》 재인용

달력에 X표가 벌써 8개째다. 오늘은 나가자. 강북 신사동에서 강남 신사동 인디플러스로 날아가 〈오래된 인력거My Barefoot Friend〉를 보자. 마음이 동하면 오늘은 한 달 보름이 다 되어 가는 이 무감을 좀 떨치고, 암울하거나 환장하거나, 아무렴 좋겠지.

2012/01/09 07:45

사랑의 전투적 실재

연통 아래로 수증기가 하얗게 하얗게 피어오른다. 손을 내밀자 손바닥에 달라붙었다가 솜털을 적셔 갈앉히다가, 턱에 볼에 폴폴 스민다. 그 아래, 안경을 쓴 채로 눈을 감고 한참을 서 있다. 무언가, 대기 속으로 낮의 빛을 덥혀 수증기로 토해 놓는다. 누군가에게 이 노래의 노랫말을 들려주고 싶다. 반복되는 삶을 둘러싼 연민들이 Boil, Boil 끓어오른다. 연민과 동정으로 배가된 흥분을 넘나들며. 모두 고아다. 삶은 거저 주어졌다.

삶은 거저 주어졌단다. 이봐, 삶을 아끼지 마. 네 의식과는 닮지 않은 감각의 움직임들을 따라가 보아. 눈을 감으면 어둠을 볼 수 없어. 우린 마치 어둠 속에서 연인과 대화를 나누다가 정부에게 들켜 버린 손님처럼 손을 맞잡고 서로를 바라본다. 오직 언어만이 감정을 사유로 바꿀 수 있다는 것을 알지만, 우리는 말을 아낀다. 오직 언어만이 말을 사유로 고착할 수 있다는 것을 알지만, 우리는 편지를 아낀다. 흘러가는 인간만이 사유한다는 것을 알지만, 우뚝 멈추어 서서 마주 바라본다. 사유하는 인간은 대화하는데 당신은 말이 없다. 이봐, 삶을 아끼지 마. 눈을 감으면 어둠을 볼 수 없어.

> *"사랑의 전투적 실재는 진리를 구성하는 모두에게 말 건넴이다."*
>
> - 알랭 바디우Alain Badiou, 《사도 바울》

2013/11/26 04:01

이명의 북소리

'아내'와 체육관 뒤쪽을 함께 걸었다. 손을 놓고 조금 빨리 내처 걸었다. 체육관을 한 번 보았다. 체육관과 육송 벤치 사이를 올려다보며 잠시 멈추었다. 아내는 "저 나무는 예전에도 저기 있었던 거야?"라고 물었고, 나는 "아마도 그랬을걸." 대답했다. 앞에는 조그만 정원이 있고, 보기 싫은 정원에 나를 문학으로 이끈 서정인의 비가 서 있었지.

이명 속의 북소리.

이명 속의 기타 리프.

북은 코지 파웰Cozy Powell의 것이었고, 기타는 제프 벡Jeff Beck의 것이었다. 아내는 '21세기 음악사' 앞에서 혼자 사진을 찍었다. 코지 파웰, 드럼 머신은 구성하는 것만으로도 음音에 가 닿을 수 있다는 것을 증명한 자다. 그러나 그는 결국, 구성의 천재에서 벗어나지 못한다. 코지 파웰은 형식과 형태의 차이를 몰랐다. 아니 무시했다. 그렇게 천재로 남고 싶었겠지.

기억력이나 구성력이나 창작력은 종이 한 장 차이다. 좋은 기억력에는 향기가 없다. 좋은 기억을 맞춤하게 구성해도 향기가 스미지 않는다. 창작은 발명이 아니기 때문이다. 그러기에 책을 읽고 음악을 듣는 이에게는 부지불식간에 압도하는 향기가 저도 모르게 피어오르는 것이다. 그것을 감당할 수 없어서 무시로 자기를 팽개치는 것. 술을 마시는 것은 그중 가장 흔한 변명이다. 향기가 무서워서 술을 마시는 것이다. 감당할 수 없는 '무시無始의 자기自己' 때문에 피어오르는 음을 지우는 것이다.

총명함이 허락하는 나이는 마흔 이전이다. 마흔 이후에 '총명하다'는 말을 듣는다면, 그 앞에는 '아직'이라는 부사가 생략된 무서운 충고인 줄 알아야 한다. 자신을 망치는 방법은 없다. 하지만 자신을 잊어버리는 방법은 없어서 무한하다. 이즈음에는 읽은 만큼 생각하는 사람을 보면 그이가 내 선생인 것을 안다. 저렇게 읽고 새기다니!

달뜨지 말 일이다.

강철 게이지 스티비 레이 본Stevie Ray Vaughan은 서른일곱에 블루스를 껴안고 죽었다지.

2013/02/12 07:55

이물과 상물

22시 30분에 버스를 타고 나서서 영화를 보고 불광천을 따라 집으로 돌아오는 사이 해가 바뀌었다. 편의점에서 1월 1일자 신문 네 개를 산 것은 새벽 3시 어간. 아침 일찍 부모님께 문안 인사를 올렸다. 쿠렌치스Currentzis 지휘의 레퀴엠을 들으며 작업할 거리며 책들을 들여다보기만 하고 키보드를 두드리지는 않았다. 오후엔 올해의 달력을 1월부터 12월까지 찬찬히 넘겼다. 손가락이 베이지 않게 약간의 긴장을 품고 넘겼지 쓰지는 않았다.

해가 가고 사람이 오고 가는데, 손을 맞잡고 얼굴을 보며 절하지 못했다면, 그 하루가 가고 그 만남이며 고별과 시작이며 설렘이 갈앉은 다음에 글을 보내는 것이 상례다. 그렇게 배웠다. 저녁에는 여기저기 문자 인사를 올렸다. 지친 미식가처럼 혀를 놀렸다. 여전히 인사는 번다하다.

새것들은 아무런 준비도 없는 나를 둘러싸고, 이물異物과 상물常物 교접처럼 번성한다. 나는 이만치 뒤처진다. 설렘은 스스로 만들어야 한다. 스스로 번성해야 한다. 이것은 부러 안간힘을 쓰며 시간에 집중하는 힘을 끌어올리려는 악다구니, 그러니까 긴장 제조법. 그래, 달력의 낱장을 매만지는데 손끝이 파르르 떨렸던 것인가 싶다.

마치 언덕에 누군가 떨어뜨린 계란의 남은 노른자와 점성을 이끌고 간 흰자의 길이 내게 안겨 준 무슨 떨림처럼. 상냥하고 도저한 흰자의 길. 마치 너의 길은 저러해야 한다고 말하는 것처럼 도사린 노른자 하며. 산책은 끝났다. 씻자. 새해 첫 목물이다.

2012/01/01 20:23

절망하거나 꿈꾸거나

창을 온통 열었다. 찬 공기를 가득 들이고서야 닫았다. 이즈음은 새벽이 좋다. 촛불을 켜기에는 더욱. 촛불은 밝히기 위해 켜는 것이 아니다. 눅눅하고 이상한 기운을 휘발시키기 위해 켜 두는 거다. 낯선 이의 각질과 머리카락, 담배 연기, 고롱고롱 맺혔다 떨어진 낯모를 대화들, 웃음과 손길, 휑한 빈자리. 그것들을 채우려 파라핀의 촉감은 녹아 흐른다. 녹아서 방을 가득 채우고, 흐르며 나를 지운다. 지우며 다시 내 안을 서늘하고 쩡한 기운으로 채운다. "말처럼 일만 했습니다. 핏줄이 아파서 잠을 이루지 못할 정도로." 〈오래된 인력거〉에서 샬림은 말했다. "끝 간 데까지 간 인간이 택할 수 있는 것은 두 가지다. 절망하거나 꿈꾸기." 절망하거나 꿈꾸거나.

끝 간 데까지 이르려는 시인의 절망하면서 꿈꾸기. 절망하면서 꿈꾸기의 이중 모순을 앓는 몇 안 될 진짜박이 빙충이들이여, 삶을 택하거나 시를 택하거나를 고민하는 자를 필요로 하는 시와 시 쓰기와 시인은 세상에 없다. 선택의 문제를 벗어난 절망하면서 꿈꾸기, 나락 앓기. 선택이나 눈치나 적절한 스탠스는 없다.

선택과 눈치와 스탠스는 걸러지게 마련이다. 하여 21세기의 십여 년이 지난 지금껏, 시단은 시와 생활 사이에서 갈팡질팡하는 시인 따위는 원하지 않는다. 아니 갈팡질팡 흔들림이 연민의 시로 거두어지는 희귀한 사례를 바라는 것이다. 갈팡질팡 흔들리는 양을 변명으로 주워섬기는 치기의 시인 따위는 거두지 않는 것이다.

영화는 14시 30분에 끝났다. 신사동 브로드웨이 시네마를 나서 강남대로를 지났다. 압구정에서 한강 둔치로 내려섰다. 봄이면 개나리로 환장할 옥수동 바위산 정자를 보았다. 보면서 깡통 커피를 마셨다. 도산공원에서 오래전 생각들을 끄집

어냈다. 아무렇지도 않게, 그 새벽, 노을 녘, 아침 무렵들. 다시 무감. 16시 어간에 압구정역을 향해 걸었다. 멀리 나무와 건물들 틈 사이로 L 형의 아파트 창이 보였다. 소문과 음화를 가득 채우고 웅크려 핵이 된 미친 자처럼. 걷기 좋은 겨울 오후 14시에서 16시.

그래 소문과 음화는 살의와 폭발력을 스프링처럼 석궁의 시위처럼 잔뜩 팽팽하게 안으로 오므려 당겼다가는, 마침내 결정되고 화석이 되었다가 어느 결에 누군가의 부리가 쪼는 찰나 폭발적으로 승화해서 없었던 적의 입에까지 스민다. 판단하려고 덤비는 좋은 먹잇감은 순정함으로 똘똘 뭉친 자존감이고, 제 세계를 곤고한 공고함으로 쌓아 올리는 자존심은 상대의 전투 감각과 호승심을 자극한다. 자존감과 자존심으로 나, 역시 좋은 먹잇감으로 서른여섯을 시작하고 있는 것이다. 그리하여 내게 다사로운 인사를 건네는 입술들이 어떨 때는 팽팽하게 조인 채 활촉을 숨기고 있는 두 개의 스프링으로 보일 때가 있다. 오므라들었다 펴며 언젠가는 자존심의 성채와 자존감의 사과를 겨누어 나를 탄착점으로 만들고야 말 한 쌍의 붉은 스프링.

그러나 인간이기에 감정 이전의 율동들은 대개 이와 같은 방식으로 추동되는 것일 테다. 이편에서 받아들이고 나면 그

뿐이다. 가련하고 여린 자의 집이여, 아집我執이여, 아만我慢이여. 완성하지 못한 메모가 생기기 시작한다. 한 달 보름 만에. 더 쌓이게 둘 것이다. 집에 있는 책을 한 권 더 샀다. 영풍에 들러 환불을 받아야 한다. 양초를 두 다스 사 쟁여야 한다.

2012/01/10 09:32

망妄언言다多사謝

손목 풀기 한 번.

어느 날 글을 하나 썼다. 글이 나를 그룹이라는 데에 묶어주는 느낌이어서 나는 그룹에 들어가 글을 함께 나누었고, 느끼다가는 노래까지 불렀다. 그 무렵 나는 그룹에서 축출된 후였다. 함께 느끼고 불렀던 기억에 오래지 않아 나의 두왑doo-wop 시대는 막을 내린 거였다. 거기서 또 머지않아 나는 오래전의 글을 만지고 만졌는데, 글을 만지고 노래를 부르며 다른 그룹과 다른 사람들을 만났다. 낯선 환호 속에서 만약 당신이 내 노래를 들었다면, 자신을 부르며 써 나간 내 밑바닥을 매만졌을 것이다. 낯선 감촉. 이물감.

헌책방에서 스튜어트 홀Stuart Hall이 엮은 (12년 묵은) '모더니티' 논문선을 샀다. 문학의숲에서 간행을 시작한 '세계 숨은 시인선' 1권 포루그 파로흐자드Forugh Farrokhzad의 《바람이 우리를 데려다 주리라》, 2권 오시프 만델슈탐Osip Mandel'shta의 《아무것도 말할 필요가 없다》를 샀다. 돌아오는 길에 상암에서 저녁 얻어먹고 책 한 권을 받았다.

파로흐자드 시선의 발문은 진수미 시인이, 만델슈탐 시선의 발문은 이장욱 시인이 썼다. 두 시인의 글 공력에 비하면 평이한 감상이다. 아흐마또바Akhamatova라고 쓴 열음사 시선과 아흐마토바라고 쓴 〈진혼곡〉 연작 완역을 다시 읽었다. 블로크Blok 시선을 놓고 한참을 들여다보다가 '구글링'을 시작했다.

앞서 읽은 모든 시인의 사진을 검색해 본다. 그들이 어떻게 늙었는지. 그들이 가장 아름다웠을 때를 기억하고 그 몸과 마음을 만졌던 이는 어떻게 죽어 갔을지. 그들의 글을 읽고 상상하는 것보다는 그들이 삶에서 가장 아름다운 몸을 가졌던 때와 가장 아름다운 영혼을 가졌던 때를 기억하던 이들의 삶을 상상하는 것이 그들을 '육박하는' 읽기다.

독자에서 시작해서 독자로 돌아오는 재귀적인 글 읽기와 글에서 시작해서 글로 돌아가는 메타적인 감상이 독서를 만든다. 이때 평론은 글을 읽는 자에게로 이끄는 윤리를 다한다. 평론가는 없고 '학자'만 출몰한다. 나는 늦깎이 대학원생이다. 계보학과 개념어로 압살하는 이상한 해석과 독법에 길드는 '것일 수도' 있다.

TV가 안 나오는 집에서 종이 신문을 보며 살아간다니, 후배는 이해 불가의 눈치다. 어제 새벽 노트에 휘갈긴 메모는 무슨 말인지 도무지 해독 불가다. 화석이 되어 가는가? 2시 전에 자야 한다.

2012/09/12 00:55

순천 | 동천

8일 22시 45분 기차로 내려왔다. 기차가 내려가는 쪽으로 먹구름이 앞질러서 가는 것을 막막한 습기 속에 보았다. 순천은 내내 비다. 햇빛이 쏟아지며 비가 치고, 마른하늘에 우레가 운다. 나쁘지 않은 음정들이다. 이곳의 쓰르라미는 떨림과 강도를 적절히 조절하며 서로를 유혹한다. 나쁘지 않은 울음이다. 내려오는 기차 안에서 산문 원고를 읽었다. 읽다가 교정을 시작. 나중에는 문장을 재배열한다. 전주를 지나고는 맥주를 두 캔. 03시 50분 순천 도착. 역 광장 건너 PC방에 들어가 원고를 수정했다. 최종고를 송고했다.

화요일 새벽, 순천역 앞에서 버스를 타고 여수로 갔다. 어시장을 지나 걷다가 다리를 건너서 뾰족집들이 다닥다닥 붙은 언덕 샛길을 오르다가 교회 마당에 앉았다가 다리 난간에 기대어 서서 김밥을 뜯어 먹고, 순천 올라왔다. 옥천에 내려서 동천을 따라 걸어 순천 집. 어제는 순천만 근처까지 걸어갔다가 사람이 너무 많기에 농로와 관개 수로를 따라 돌아돌아 걸었다.

그제는 순천고 본관 앞에 가서 서정인 문학비와 김승옥 문학비를 손으로 쓸어 본다. 신시가지에서 자동차 외형 복원 센터를 차린 성준과 수다를 좀 떨며 한산한 가게에 앉았다 온다. 가져온 시집들은 꺼내 보지도 않았고, 여태 집이다. 책장에 꽂힌 책들 가운데 아이트마토프Aitmatov의 《처형대》, 헤세Hesse의 《잠언록》, 《한-이슬람 교류사》, 《한국현대문학사개관》, 김정환의 《해가 뜨다》를 꺼내 읽다 만다. 이것들이 여기 있었다니. 누웠다. 일어났다. 뒹굴뒹굴 뒹굴, 뒹군다.

2011/08/12 11:12

쪽창 너머 천식

한길로로로의 《브루노Bruno》 평전. 민예원에서 펴낸 베르나노스Bernanos의 《어느 시골 신부의 일기》. 틈틈 간간이 써야 할 글들을 생각하며 원고 뭉치를 몇 날 며칠 보고 있다. 영상자료원에서, 응암정보도서관에서, 은평구립도서관에서. 대부분은 작은방 탁자에서, 작은방 방바닥에서, 큰방 책상에서, 큰방 책상에 커튼을 둘러치고 앉아서, 침대에 엎드려서. 써야 할 울혈들이 쌓여서 이 입에서 저 귀로 건너가듯이 이

침묵에서 저 소란으로 건너가듯이, 이 연민에서 저 연민으로 옮아가듯이, 이 동정에서 저 동정으로 쌓여 가듯이, 사랑도 증오도 오해도 없는 무생물의 자리에 앉아, 백치가 되어 가며, 정맥에 캄캄한 그을음 덩어리를 꽉꽉 눌러 재우며, 잡히지 않는 문맥, 갈피를 잡을 수 없는 생각들.

그러는 어느 사이 언젠가의 쪽창을 떠올린다.

중학교 입학하여 반 편성 고사를 준비하던 겨울 무렵. 밤샘 공부를 할 요량으로 친구네에 들렀다. 친구는 광주병원에 입원 중이었다. 친구의 식구들과 저녁을 먹었다. 저녁내 찬비가 퍼부었다. 친구의 할아버지 방에서 잤다. 노인은 쑥국빛이 배어나는 내복을 입었다. 노인은 천식을 앓았다. 차라리 몸뚱어리를 무거운 이불 아래 고여 놓은 것처럼 밤새 기침 각혈. 죽는 것은 아닐까. 문살을 자르고 창호지를 찢고 손바닥만 한 유리를 넣은 쪽창. 아직 캄캄한데 그 유리 한 장이 바른쪽으로 돌아누운 노인의 이마 위쪽 높이에서 불타기 시작하는 고요한 높은 쪽창.

죽은 것은 아닐까. 죽었다면 얼마나 상쾌하고 깨끗한 새벽이냐 말이다. 언제나 꼭 같은 쪽창. 이마 위쪽에서 고요하고 높은 유리 한 장이 불타는 시간. 차고 어둡고 내가 기대한 것은 오지 않기에 외려 깨끗한 그곳은. 시간이 흘러 환한 이쪽에서 백치의 눈알로 그곳을 떠올리면 이렇게 아찔할 테지. '그레고리안 찬트'를 이어폰으로 들으며 천장의 한 점에 눈을 모으고 누워서 멍 때린다.

2011/12/18 07:54

허니 루이보스를 위하여

나는 지금 루이보스rooibos차를 마시며 이 글을 쓰고 있다. 이 차는 루이가 만든 것일까? 아니 루이가 보스의 명령을 받고 어쩔 수 없이 만들었을 것이다. 자둣빛, 붉은 와인 색깔, 불이 붙을 것 같은 빛깔이지만, 이십대 중반의 여자아이가 쓰는 향수를 증류수에 풀어 넣은 듯한 향이다. 빛과 향이 조화되는 듯하면서도, 향이나 빛이 서로 이 차를 빛는 구심점이 되려고 싸우는 긴장이 느껴진다. 그것은 루이와 루이의 보스

사이의 갈등을 암시하는 것일 테다.

루이는 월급을 가불해 달라고 사장에게 말한다. 프랑스 북부의 습지다. 루이는 가을이 오기 전에 덧창을 달고 싶은 것이다. 어린 아내와 아이는 자주 감기에 시달린다. 방바닥에 깔아 놓은 이불을 개면 궁기窮氣가 방 안을 가득 채운다. "보스, 집에 덧창을 달아야 합니다. 아이와 아내가 감기를 달고 살아요. 가불할 수 있을까요." 보스는 거절한다. "루이, 차를 더 성심껏 덖어 보게. 보성 녹차를 만드는 기분으로. 구증구포라는 말이 있다더군. 그 차를 마시면 자네의 아이와 아내의 호흡기가 탄탄해질 것일세. 자네는 프랑스 장인의 숨결이 부족해." 루이는 할 말을 잃고 만다. "보스, 그게, 도대체, 그러니까……." "가 보게."

루이는 허기졌다. 루이는 말린 청어를 뜯으며 프랑스 남부의 고급 와인을 먹는다. 비싼 술에 엉터리 안주는 프랑스식 정신의 긴장을 내포하는 삶의 은유다. 압생트라는 술과 물감 사이의 긴장이 그러한 것이고. 루이는 다음 날 기침하는 아내와 아이를 처가에 맡긴다. 인정머리 없는 장모의 지청구를 감내하며. 루이는 술이 덜 깬 정신으로 차를 덖는다.

발로 덖고, 겨드랑이로 덖고, 엉덩이로 덖는다. 아내의 향수와 에센스를 뿌리고, 아이의 오일을 섞는다. 술이 덜 깬 오장육부의 피땀을 섞어 차를 덖는다. 루이는 밤을 새워 야근하며 차를 덖는다. 야근은 프랑스 장인의 정신에 어긋나는 근무 계율이다. 마지막 차를 덖은 루이는 프랑스 북부를 떠난다.

루이의 보스는 다음 날 옹골차게 봉합된 천 병의 차를 마주한다. 차는 자둣빛, 붉은 와인 색깔, 불이 붙을 것만 같은 빛이면서 이십대 중반 여자아이의 세련된 향취를 풍겼다. 루이의 보스는 그제야 '차를 치며' 후회했다. 프랑스 북부에 천 병의 차가 뿌려졌고, 과장된 소문도 함께 뿌려졌다. 루이보스차. 차 이름 속에서 루이는 처음으로 보스를 이긴 셈이 된다. 이것은 슬픈 자가 부는 휘파람과도 같은 승리이므로 별 의미가 없다. 나는 지금 루이보스차를 마시며 루이와 루이의 인정머리 없는 보스에 관한 상상을 쓰고 있다.

2012/07/13 16:27

돌 같은 에고

심각한 고난이나 실의에 빠진 자의 에고는 돌처럼 단단하다. 어떠한 계기가 있지 않은 이상 깨지지 않을 것처럼 보인다. 인간이 그처럼 무결한 에고를 가지는 순간은 흔치 않다. 그리하여 고난에 처한 자나 실의에 빠진 자의 에고는 아름답지만, 저 혼자만의 수정구에 갇힌 그이를 위해서 아무것도 해줄 수 없음을 알고 나면 이편에서 난감하다. 특히나 오랜 인연일 경우에는 더욱.

루트비히 비트겐슈타인Ludwig Wittgenstein은 말했다.

"사랑한다면 그 사람의 말을 외국어처럼 들어라."

루트비히 비트겐슈타인,
G.H. 폰 리히트G.H. von Wright 엮음, 《문화와 가치》 재인용

2012/02/08 15:48

- 제발 진정 좀 해.

- 나는 지금 진정으로 진정하고 있네.

2014/03/27 12:37

제2부 작은 보석 상자 안의 속삭임들

역리의 손길

세계는 말하지 않는다

오직 우리가 말할 뿐이다

나쁜 이름을 부여하라

당신의 새로운 어휘가 그 자체의 목적을 형성하도록 도울 것이다

당신의 새로운 어휘가 근거 지을 소망 속에 당신의 아이러니를 포함할 것이다

당신은 그런 사람이 될 것이다
역리逆理, 거꾸로 선 나뭇잎의 결
당신은 바다이고 바다이어서
당신이 그 잎맥을 쓸 때
역리의 갈빗대를
거꾸로 쓸어 올리는 손.

2013/11/05 08:39

화살나무

아래서

발레리Valéry의 산문선과 말라르메Mallarmé의 《시집》이 나란하다. 이 둘의 짝패가 하나의 그림을 이룬다. 발레리의 산문이 그의 시를 추동하듯, 말라르메적 모순이 우연과 필연으로 언어를 무의식으로, 계산을 순수로 추동하는 것. 이 양 가치의 짝패 속에는 시를 추동하는 갈등이나 욕망의 축에 대한 암시가 들어 있다.

"삶이 말했다: 나는 슬프다. 나는 운다. / 음악이 말했다: 나는 운다. 나는 슬프다."

- 폴 발레리, 《발레리 산문선》

"아픈 몸이 / 아프지 않을 때까지 가자 / 온갖 식구와 온갖 친구와 / 온갖 적들과 함께 / 적들의 적들과 함께 / 무한한 연습과 함께"

- 김수영, 〈아픈 몸이〉

"인간의 입술은 그가 마지막으로 발음한 단어의 형태를 보존한다. 나는 땅속에 누워서도 입술을 움직이리라."

- 오시프 만델슈탐, 《아무것도 말할 필요가 없다》

황병기를 듣다 잠이 들었다. '가야금-침향무-비단길-미궁-춘설'로 이어진다. 흔들림과 흐름. 숲 깊은 곳 고요한 정지. 버려진 외나무다리, 뜨거운 차를 말아 쥐고 떠오르는 해를 보는 일. 이즈음의 새벽은 간절하다. 다른 표현은 불가능하다. 집 밖으로 한 걸음만 나가도 금세 그걸 안다.

나는 날렵하다.

나는 견결치 않다.

당신의 패착을 엮고 기운다.

나를 비껴갈 수도 있으리라.

당신 안에 도사리자.

그러고 앉아 닷새만 살아도 몸이 먼저 비명을 내지른다.

올해는 단 한 줄의 당신도 쓰지 않을 것이다.

한 해 정도 쉬고 시는 모두 기화해 버려라, 당신과 더불어.

따뜻한 물을 한 잔 마시고.

나가자.

2012/10/11 11:34

내가 쓸 수 있는 것

약 2000년 전, 고대 로마의 쿠인틸리아누스Quintilianus는 이렇게 썼다.

"이해받을 수 있도록 쓰지 말고, 오해받지 않을 수 있도록 쓰라."

한때는 오해를 만들어 내는 한이 있어도 쓰리라 생각했다. 지독하게 오해한 자들이 다시금 나를 이해하려고 노력하도록 할지라도 쓰리라 생각했다. 그 모든 이해와 모략의 거짓들이 나를 향한 분노를 불러일으킨다 해도 쓸 수 있으리라 여겼다. 그래 여전히 쓸 수 있으리라. 그러고도 남은 나에 대해서 쓸 수만 있다면 다른 지점이 열릴 것이다. 갈등이 없다면 누구도 자신에 대해 사유할 수 없기 때문에 갈등은 갈등인 채로 남아 있어야 한다. 갈등이 없는 긴장을 상상할 수는 없기 때문이다. 그렇다면 갈등을 통해 열어 보여 주는 '나'가 가지는 투명성이 문제가 될 일이다. 투명한 갈등의 지점이다. 그것은 나의 주관과 대화하는 내밀한 방식으로 자리 잡을 수도 있겠지.

이해도 오해도 모두 자기의 몫으로 가져간다는 것은 숙명의 다짐이다. '숙명', 거창하고 힘든 단어가 아니다. 뉘앙스도 부정도 모두 걷어 내고 한 손에는 이해의 지우개를, 한 손에는 오해의 펜을 들고 보라. 왼손으로 오른손을 지우고 오른손으로 왼손에 쓸 수 있다. 하지만 누구도 지우면서 쓸 수는 없다. 이해를 지우면서 오해를 쓰려는 악다구니는 이제는 '치기'로 보인다. 오해를 지우면서 이해를 쓰려는 노력은 '아집'으로 보인다. 치기와 아집이 없는 삶을 상상하는 것은 무슨 도통이 아닌 바에 허랑한 욕심에 불과할 것을 나는 안다.

다만 그 지경에 그대로, 거기 머무른 채로, 나날은 지나간다. 작은 불안과 소소한 설렘 사이에서, 무언가를 하고 무언가는 내일로 미루면서. 다만 작은 것이라도 하나씩 하지 않으면 몸이 알고 먼저 드러눕는다. 쓰레기를 버리고, 멀리는 아니고 지하철역까지 산책하고, 마당을 보며 담배를 태우고. 저녁을 먹고는 원고에서 오·탈자를 잡았다. 감당할 수 없는 문장들은 되도록이면 모두 삭제하면서 퇴고를 했다. 내가 생각하지 않은 것, 내가 모르는 것, 내가 희미하게나마 붙잡지 않은 것을 삭제하는 일. 그 일 역시 '투명한 갈등' 속에서 쓰이는 작업이다. 안다고 말하지 않기 위해서 내가 모른다는 사실을 알려고 죽을힘으로 노력하는 작업. 익숙하지 않지만, 내내 부닥칠 시험일 것이다. 내가 글을 쓰면서 살아가는 한에서는 더더구나 그러할 것이고.

읽던 책들이 책상에 쌓인 지 3주가 다 되어 가고. 다시 성경과 다닐로 키슈Danilo Kiš를 짬짬이 번갈아 읽는다. 부러 한 번도 완독하지 않은 작품들을. …… 애초에 쓰려고 했던 글은 이게 아니었지만 …… 글은 엇나가고 있고 …… 많은 부분 엇나가 버렸고 …… 여전히 엇나가고 있고 …… 이 아득한 평화 속에서 나를 잡는다는 것은 무얼까? 이해와 오해가 아닌 자기 위안과 위무의 악다구니로 버텼던 지난한 날들. 고작 1년 전이 먼 옛날처럼 여겨진다. 때로는 고작 1년 전이 마치 내일처럼 여겨진다. 술을 마시지 않으면서 처음에는 내 몸에 대해서 생각을 했고, 그다음에는 내 습관에 대해 생각했고, 이즈음에는 내가 보듬고 싸우는 신념에 대해 생각을 하게 된다. 하루하루 조금씩 더디게, 더뎌서 때로는 숨이 막히고 암담할지라도, 때로는 너무 많은 것들을 해치워서 어리둥절할지라도 조금씩 쌓아 가는 일.

그런 의미들과 한순간 절연하려는 무지막지한 무책임과 불성실과 일탈과 자기애의 욕구들을 불러내 대화를 해보는 고전적 협상의 테이블. 술 한 잔 없는 테이블. 차 한 잔 없는 테이블을 상상하는 거다. 의사는 다시 술을 마시게 되면 전과 똑같이 마실 거라고 말했다. 나는 그렇다면 상상도 못 할 허무가 찾아올 것 같다고 말했다. 의사는 의미를 찾아야 한다고 말했다. 나는 의미는 나의 일이고 동시에 나의 일이 아니기에 당신이 관여할 바도 술이 관여할 바도 아니라고 말했다. 7개월 전, 그날 이후로 세 번째 방문한 술 중독 치료 상담을 그만두었다.

요즘 나는 내 삶을 생각하기보다는 내가 없는 하루와 시간을 골똘히 생각하면서 살아간다. 내가 없는 마당과 내가 없는 지하의 책상과 내가 없는 작업실의 모니터를 생각하면서, 마당을 쓸고 이불을 털어 개고 온몸을 씻어 헹군다. 그러면서 나는 조금씩 더 아득하게 '모르는 것들을 모르게, 모른다는 사실조차 잊게 되는 데' 익숙해 가고, 그런 나를 다시 골똘히 바라보는 거다. 시를 생각하면 당장에라도 말라 죽을 것만 같은 허기가 밀려와 굶어 죽을 것도 같고, 동시에 황홀해서 숨이 탁 막히기도 한 것인데. 시는 나와 무관한 곳에서, 세 걸음쯤 옆에서 나를 보고 있고, 그 정도의 거리를 만들어 내는 일은 '내 삶의 남은 공학'인 것만 같다.

술을 끊으면서 내가 가진 기원 없는 죄책감에서 적어도 하나는 덜어 낸 것만 같다. '내가 아무것도 하지 않고 많은 것을 먹으려고 하는 후안무치한 버러지의 양심밖에 가지지 못했다는 냉소와 자기 비하'를 벗어난 것. 남은 감정을 끌어안는 일에 조금씩 익숙해 가다 보면 나는 아마도 말이 없어지겠지. 눈으로만 웃으며 속에는 불덩이를 그대로 끌어안은 채로.

2014/02/25 00:28

토마토 효과

아무런 근거도 없이 무언가를 사실이라고 굳게 믿어 버리는 상태 또는 그런 효과. 우리가 우리 자신을 발견할 수 있을 때는 여행 중에 낯선 거리에서 누군가를 우연히 스쳐 지나치는 무수한 순간 속에 있다. 그 낯섦의 경이도 토마토의 일부다. 여행의 경이는 눈을 감았다 뜨는 순간에 순식간에 일어난다. 에릭 로메르Éric Rohmer의 낡은 비유 속에서 비루한 일상에 갇힌 자들이 언젠가 한번이라고 순간이라고 되뇌며 꿈꾸는 녹색 광선에의 노출. 바래고 말겠지만, 사람과 사물들 사이에 신비가 있다면 그건 바로 믿음의 메커니즘.

우리는 진실이 가진 그 효율성과 가공할 힘을 통해 진실을 식별해 낸다. 마찬가지로 우리는 믿음이 가진 그 효율성과 가공할 파괴력을 통해 믿음을 식별해 낸다. 기제로서의 만남과 경지라는 형태로서의 감정이 깃드는 자리는 바로 그곳이다. 무지와 강렬한 호기심 앞에 자신을 내어놓는 것. 동시에 어떠한 사태들을 다큐멘터리적으로 앞질러 세우는 것. 그런 방식으로 다스릴 수는 있지만, 자신이 만든 수많은 평행한 제각각의 삶에 함몰된다. 차라리 다른 세계를 세운다고도 말할 수 있을 것이다. 어떠한 경우라면 생각이 공부가 아니고 잡념이 철학이 아니기에 괴로울 때가 많아진다. 나이를 먹을수록 그런다.

한껏 멋 부린 이미지들을 쌓아 올려 성을 만들고 집합을 만드는 것은 아주 고약하게 될 공산이 크기에. 깨달아 가는 거다. 그것을.

2010/02/01 10:23

강릉,

코발트블루

이모님은 돌아가셨다. 엊그제, 어디선가 한참 술을 치고 있을 때, 누군가에게 축하하고 있을 때, 노래를 부르고 있을 때, 누군가가 우는 것을 토닥여 줄 때. 그러고는 집으로 돌아와 잔다. 허겁지겁, 술이 덜 깨어 고대 안산병원 덜 차려진 빈소에 절을 올리고는 곧장 핑계를 대고 학교로 도망간다. 볼만한 영화는 없나? 감정이 일지 않는다. 담담함이 지나치다. 부모님과는 이틀 동안 동선이 엇갈렸다. 연화장에서 화장을 치르고 가족 납골당에 합장되었다. 이모와 이모부는 나란히 세상을 뜬 것. 어제 오늘 장례식장에서 어떤 핵을 보았다. 금강석보다도 단단한, 씨앗보다도 무결한 핵. 그것이 죽음을 지배하고, 삶에 죽음을 건네주고, 나의 글은 그것을 글로 투사할 때 비로소 핵이다.

그것은 지난 토요일과 일요일에 걸쳐 본 강릉 바닷가의 감고도 깊은 코발트블루와 송정에서 안목에서 경포 해안으로 이어지는 해변 도로를 따라 뻗어 오르며 청량하게 타오르던 소나무 방풍림과 '허균·허난설헌 생가 복원지'에서 본 난설헌의 초상과 뒤꼍의 커다란 감나무 그리고 이틀 내내 나를 들뜨게 했던 대관령의 붉디붉은 몸피의 소나무들. 이 모든 것들이 가져다준 해방감과 미감과 자유와 미적 희열과 청량한 감관을 한꺼번에 무너뜨린 그것은 진부 K 선배의 집 뒤란 대관령 자락 산비탈의 고랭지 배추밭과 작은 계곡을 연한 바위 위 뙈기밭에 파헤쳐져 뒹구는 당근과 산 바로 아래까지 뻗어 내린 감자밭 그리고 감자알을 캐내는 소설가 부모의 늙고 품 깊고 무뚝뚝한 인사가 건네주는 바로 그 핵이다. 죽음을 지배하고 삶에 건네주는 바로 그것. 잡아채기도 전에 사라져 버리는 묵직함. 승화하는 바윗돌처럼 온몸을 쓸고 사라져 버리는 그것.

2년 전부터 파주 지나 문산 어디까지 올라가서 작은 여관에 혼자 들어앉았다가 읍내 한 바퀴 쓱 돌고 식당에 들러 술을 먹고 여관방으로 맥주를 올려다 마시고는 새벽에 일찍 기차를 타고 돌아와야지 하고 반나. 계획은 언제나 무위였고, 내 삶의 행선지는 대체로 내 삶 밖에서 나를 점지하거나 나를 향해 쳐들어왔다. 나는 준비가 되었다. 나는 언제나 짧게 머무르니까. 당신에게만큼은.

머리카락을 짧게 잘랐다. 미용실 직원이 왁스로 스타일링하는 법을 한참 강의한다. 나는 화를 냈다. 정말 오랜만에 아무런 이유 없이 아무런 이유 없는 이에게 화를 냈다. 불광천 변을 걸었고 이천 원 하는 자장면을 먹었고, 연희에 들렀다가 이유 없이 마음이 묵직해져서 집으로 돌아왔다. TV에서는 이승만의 일대기를 이틀에 걸쳐 조명하고 있다. 저 편성의 빤한 의도에 구역질이 다 난다. 이사야 벌린Isaiah Berlin이 쓴 마르크스 평전과 아르세니 타르코프스키Arseniy Tarkovsky의 시집이 놓였다.

책상에는 내일 아침 수업을 위한 자료 더미가 있고, 나는 늦깎이 학생이고, 내 몸속엔 막 시 두 편이 살아 꿈틀대려 한다. 나는 10년 묵은 시인이다. 부엌에는 강원도 진부 감자가 있다. 선배는 감자 사용법을 일러 주었다. 저녁 10시 30분에 감자를 삶고 저녁 11시에 감자에 소주 상을 차려 먹어 보라고. 감자를 고추장에 찍어서 한 입 베어 물고 소주를 한 모금 털어 넣고 천장을 한 번 보라고. 감자를 삶아야겠다. 소주가 있으려나.

2011/09/29 22:26

사랑의 정언명법, 그 옷을 빌려 입은 당신 2

빨래가 되기를 기다리는 시간의 시학. 부엌엔 아내의 고등어조림. 그리고

당신의 사랑에 대한 2013년 9월 25일 수요일 오전 9시 55분의 관념 규정.

종교는 인간에 대한 신의 무조건적인 사랑을 정언명법의 말씀으로 베푼다. 사랑의 증거는 믿음으로 볼 수 없다. 사랑

의 증거는 믿음 이전이다. 사랑은 양면성이 없는 절대의 영역에서 오롯하다. 당신이 "이젠 사랑이 없어."라고 말할 때의 그 사랑은 인간이 가끔 느끼는 숭고, 또는 절대와 비슷하다.

당신이 잠시 잠깐 가지는 사랑은 종교적일 때 빛나고 세속적일 때 영원할 수 있다. 당신의 사랑이 영원히 빛날 수 없는 이유다. 당신은 이때 비로소 피조물의 사랑이 아닌 신의 사랑 속에 포섭된다. 이렇게 인간에 대한 신의 무조건적인 사랑이 다시 인간의 '목적'을 규정한다. 인간은 인간을 무조건적으로 사랑할 수 없으니까.

무조건적인 사랑을 받는 인간이 무조건적인 사랑의 헌사를 현현을 육화를 목적으로 삼는다. 당신의 사랑은 행복을 빌지 않는다. 당신의 삶은 더 나은 삶을 위한 목적인도 작용인도 아니다. 그러나 당신이 나한테 "너를 사랑해."라고 말했을 때, 그 사랑은 종교적인 의미에서만 이해할 수 있는 '신의 인간에 대한 무조건적인 사랑의 수혜자는 인간의 기도'라는 역설과 통한다.

당신의 사랑은 인간인 나에 대한, 나를 위한 기도로 번개처럼 스쳐 지나가 버린다. 당신의 사랑은 믿음 이전에 없다. 당신은 사랑 이전에 없으므로 사랑이 있기도 전에, 없기도 전에 항시 내 앞에 없는 셈이다. 그 사랑 때문에 인간은 세속적인 바람 너머의 차원을 상상하기도 한다. 상상 차원의 결함과 동거, 사랑의 역설.

나는 기도하는 손아귀 틈새로 사랑의 지옥을 본다. 앗을 수도 있고 앗길 수도 있다는 불안으로 갈무리되는 기도의 후렴처럼, 망상 속에 다시 사랑을 인간의 신에 대한 무조건적인 미련으로 읽는다. 미련과 두려움과 불안의 목적인으로 다시 주어지는 사랑의 정언명법, 그 옷을 빌려 입은 당신.

빨래가 되기를 기다리는 시간의 시학. 부엌엔 아내의 고등어조림. 그리고

당신의 사랑에 대한 2013년 9월 25일 수요일 오전 10시 21분의 관념 규정.

2013/09/25 10:21

파라자노프의 샘

이승훈 선생님 전집이 나왔다. 진흥아파트 선생님 댁 앞에서 호프를 먹었다. 선후배들과 섞여서. 다른 나라에서 오랜만에 돌아온 후배도 보았다. 선생님은 멸치에 호프를 드셨다. 나는 호프만 먹었다. 들어가려니 아쉬웠던지, 편의점 간이 테이블에 앉아 과자와 깡통 맥주를 먹었다. 선생님도 앉으셨고 뜨거운 외로움 같은 것에 대해 얘기를 하셨다. 근처 사는 선배의 차 조수석에 앉았다. 선생님이 차 문을 열었다가

닫고 손을 흔들었다. 나는 "선생님과 제 자리가 바뀌었네요." 라고 말했다. 선생님과 찍은 사진이 전집 앞머리에 실렸다.

집에 와서는 엉망으로 뒹구는 책을 정리했다. 발을 닦고, 작은방 작업실에 앉았다. 새로 산 데스크톱 21인치 모니터를 켰다. 한글을 켜서 작년 8월 이후의 원고 뭉치를 불러냈다. 고치고 버렸다. 새벽이 희붐했다. 출력한 17편의 완결작을 송판에 못을 박듯 촘촘히 여러 번 읽었다. 모니터에는 영화 〈미션〉의 DVD를 걸어 두고. 그러고 나서 아예 아포리아의 형해를 만들어서 5~6편으로 쪼개서 써야 마땅할, 원고지 30매 정도의 시가 두 편 남았다. 여름을 지나면 3시집의 색깔과 향방의 고갱이를 얻을 수 있을 것이다. 그리고 정든 이 집을 곧 떠나겠지.

〈석류의 빛깔〉을 만든 세르게이 파라자노프Sergei Parajanov는 1989년 〈샘〉 촬영 도중 심장 마비로 쓰러진다. 1990년 죽었다. 파라자노프가 죽으면서 남긴 것은 〈샘〉의 촬영 시놉시스와 미완성 촬영본. 그리고 23편의 시나리오와 영화 제작 기획이었다. 1990년 7월 20일 그의 나이 66세, 23편의 완벽한 계획을 남기고 그는 죽었다.

"시인들의 제국주의는 마침내 승리한다. 그러나 정치인들의 제국주의는 시인들이 시를 통해 기억해 주지 않으면 사라지고 잊힌다."

페르난두 페소아Fernando Pessoa. 페소아는 '페르소나'에서 왔고 '가면'이라는 뜻이다. 독고 가면. 페르난두 페소아의 다른 이름은 '알바루 드 캄푸스Alvaro de Campos'. 이건 화려하다. 페르난두 페소아의 다른 이름은 '알베르투 카에이루Alberto Caeiro'. 이건 휘트먼Whitman과 하트 크레인Hart Crane의 자장 아래 있는 이름이다. 페르난두 페소아의 다른 이름은 '히카르두 헤이스Ricardo Reis'. 이것은 그가 에피큐리언이었음을 입증하는 이름이다. 페르난두 페소아는 포르투갈 '콘베르소converso'의 후손이다. 그는 영혼의 게토 안에서 건국 서사시를 흉내 내며 자신의 이름을 무한으로 갈라놓았다.

이 행간에는 내 비평적 시선과 무의식의 유머와 시가 내장되어 있다. 좋다. 어깨를 구부리고 책을 들고 가방을 메고 도서관을 나오는 나를 누군가 보아라. 그자에게 난 좀 지나치게 진지하고 심각하고 촌스러울 것이다. 웃길 정도로. 피식하고 웃어 주는 이들은 드물다. 피식 웃는 그자는 필시 내공이 있는 자다.

2012/06/14 14:32

저녁이 되자 집으로 가족들이 모였다. 아내는 문어를 데치고 꼬막을 삶아서 내놓았다. 처제는 상을 차렸고, 동서와 나는 마당에 앉아 고기를 구웠다. 선물을 받았다. 처조카와 함께 촛불을 껐다. 가족들이 모두 돌아가고 아내는 쓰러져 잠들었다. 나는 휑하니 널브러진 잔칫상을 치우고 마당에 앉아 북두성을 오래도록 바라보았다. 오늘은 카시오페이아가 어디로 갔는지 보이지 않는다.

처마 끝으로 나란히 떨어지는 세 개의 별들, 가운데가 오목하게 들어간 여섯 귀퉁이를 눈길의 연필 자국을 따라 그려 놓고 보면, 하늘에 멋진 장구 하나가 떠오른다. 별은 뾰족하고 소리가 없다. 나는 지하로 내려간다. 지하는 독서실이다. 지하 작업실 귀퉁이에 어제 작업하고 남은 시멘트를 부어 놓았다. 움푹한 자리가 조금 차올랐다. 나는 수평을 맞추어 평평하게 모두 채우지는 않았다. 한 5cm 정도 비워 두었다. 왼쪽 귀퉁이는 하얗게 말랐고 오른쪽 귀퉁이에서 꼭짓점으로 검녹색 습기가 진하게 아직, 남아 있다. 지하에서 래리 허타도Larry Hurtado를 읽었다. 《주 예수 그리스도》 군데군데.

겨울호에 실린 내 시를 보며 생각한다. 나는 어떤 완결되지 않은 완만한 완결을 단단한 형식으로 보여 주고 싶은가 보다. 두 달 전쯤부터 핸드폰으로 보낸 메일이 전송되지 않더니 오늘에서야 한꺼번에 전송됐다. 내게서 내게로.

대체 왜 이런 식으로 돌아가는 것일까? 느닷없는 안타까움과 분노가 무기력과 동시에 찾아왔다. 그러는 요 며칠 동안 압도적으로 아름다운 시구와 제목을 머릿속으로만 공글리고 있다. 그러는 내 마음이 차갑고도 풍만하게 끝없이 차오르는 것만 같아서 망치고 싶지 않은 거다. 연작으로 열 편 정도 이어 가고 있다. 생각 속에서 가끔은 아주 가끔은 '시 같은 거 써서 뭐하려고 이렇게 앉아 있는 것일까?' 하며 안타까움과 분노와 무기력을 동시에 느끼고는 한다.

사는 일에서 그 한가운데서 의미를 찾는 건 도대체 무슨 체념-망상이란 말인가? 옹색한 무의미 속에서 가끔은 어지럼증에 휩싸인다. 어지럼증이 지나가고 나면 이상한 평화 같은 것이 찾아온다. 가끔은 체념하지 않는 에너지가 나를 어딘가로 데리고 가려 한다. 나는 마당을 한 바퀴 돌고 북극성을 올려다본 다음, 지하로 내려가 담배를 한 대 태우고, 다시 서재에 앉는다.

칭기즈 아이트마토프Chingiz Aitmatov, 클로드 시몽Claude Simon에 이어서 안드레이 플라토노프Andrei Platonov의 전작들을 훑는다. "그는 주위를 둘러보았다. 사방의 공간 위에 생물의 호흡이 안개가 되어 드리워져 있어, 졸음에 겹고 숨 막힌 장막을 만들어 내고 있었다. 참을성은 마치 모든 살아 있는 것들이 흘러가는 시간과 움직임의 도중에 있는 것처럼 지친 듯이 세상에서 지속되었다. 그 시작은 모두 잊어버렸고, 끝은 아무도 알지 못했으며, 방향 외에는 아무것도 남아 있지 않았다. 그리고 그는 한 열린 길로 걸어갔다.(안드레이 플라토노프, 《구덩이》)"

먼지 한 점 앉지 않은 하얀 털 베스트처럼 생긴 점퍼를 걸치고, 아내가 헌책방 서가에 서 있는 모습이 떠오른다. 아내가 고개를 숙이거나 뒤로 돌아보거나 허리를 굽히고 누군가와 이야기하는 모습은 좋지만, 찍어 놓은 사진 속의 아내를 골똘히 보는 나는 나를 슬프게 만든다. 아내와 헌책방에서 사온 프란츠 파르가Franz Farga의 《파가니니》. 한쪽에는 읽어야 할 책들, 책등이 그 날렵한 세네카들이 제각각 각도를 내 몸 쪽으로 돌리고는 '어서 읽어 치워 버려. 어서. 어서.' 짖어 댄다.

골목 어딘가에서 기르는 개를 웃이거나 베개로 눌러 놓고 몽둥이로 패는 사람이 사는지 솜뭉치를 비집고 나오는 새된 개 짖는 소리. 넝마주이 할머니가 밖에 내놓은 병 가운데서 돈이 될 만한 것들을 추려 내나 보다. 내 몸에서 내 코로 짊단 태운 냄새와 고기 타는 냄새를 채운다. "While we cry. Yellow ledbetter." 이렇게 써 놓으면 시가 되려나. 잡지에 실린 내 작품들을 볼 때면, 나만 시가 아닌 이상한 것을 쓰고 있는 것은 아닌지 두려움에 사로잡힐 때가 있다. 아직 모두 비워 내지 못한 이상한 자만과 아집 때문이겠지.

장르는 희곡, 어떤 막연한 지문 속에 구체적인 장면들을 막 단위로 배치하는 연습 중이다.

펄 잼Pearl Jam의 원곡과 케니 웨인 셰퍼드Kenny Wayne Shepherd의 연주를 겹쳐 놓고 반복해서 듣는다.

2013/12/02 02:32

형刑가架 위의 꿈

우리는 어떤 알 수 없는 나라의 알 수 없는 전쟁의 게릴라였고 포로였다.

다 닳은 풀빛 죄수복 바지에, 웃통은 벗어젖힌 채로, 헝겊에 고무를 기워 만든 군화를 신고 끌려갔다. 우리는 강제로 독약 캡슐을 삼켰다. 형리刑吏는 "정확히 90% 죽었습니다."라고 말했다. 우리는 정신만 남고 몸이 모두 죽어 가는 것을 느겼다. 허리 뒤로 묶인 손바닥이 뜨겁게 타올랐고 오장육부가 콩알만치 쪼그라들며 몸이 납빛으로 변해 갔다. 우리는 명징한 정신으로 몸이 죽어 가는 것을 보았다.

그들은 우리를 처형대로 끌고 갔다. 우리는 제 손으로 오라를 엮어 들메끈으로 목을 매달았다. 형리가 발 받침대를 치우자 덜컹 목뼈가 부러졌다.

달빛 속에서 우리는 서로를 마주 보았다. 넥타이처럼 길게 빼문 혀에 칠규七竅로 싸지른 똥오줌, 콧물, 눈물, 침, 정액에 우리는 말짱한 정신으로 서로를 마주 보며 웃었다. 우리는 여전히 살아 있었다. 형리는 "내일은 남은 죽음까지 모조리 죽여주마." 했다. 새벽엔 형리가 촛불로 눈동자 한쪽씩을 지지고 돌아갔다. 우리는 서로의 어깨에 목덜미를 묻고는 잠들었다.

2012/11/08 16:40

잘피 | 숲

9살 즈음부터 낚시하러 다니기 시작했다. 잡은 고기는 집에 가져가 봐야 버려졌다. 풀어 줘도 쇳독 때문인지 제 '붕어 같은 삶'에서 어긋났다. 낚시를 처음 시작한 무렵은 일 년 가운데 이즈음이었다. 장마였다. 몇 번인가 신발을 물살에 떠내려 보냈다. 찰흙을 부어 놓은 것 같은 농로 제방을 따라 신발을 쫓아가던 기억이 선연하다. 앞부분이 흰색인 녹색 고무신이었다. 반바지를 팬티 언저리까지 걷어붙이고 강을 건넌다. 건너도 옷은 온통 황톳빛으로 물들었다. 강가에 앉아서 누가 제일 큰 놈을 잡았는지 재는 거다. 잡은 고기가 죽을 것을 뻔히 알면서 놓아주었다. 이 어처구니없는 방생은 중학교를 졸업하던 무렵까지 계속되었다.

코가 흰색인 녹색 고무신을 잃어버리고, 물풀에 긁힌 종아리며 허벅지를 팬티 아래까지 드러내고는, 비를 맞으며, 키보다 큰 자전거를 끌고 집으로 돌아가던 길. 도꼬마리 몇 개가 이르게 피었는지, 몇 개월을 줄기에 매달려 겨울 봄을 지났는지, 자꾸 옷에 들러붙고 맨살을 긁어 댄다. 이상한 낭패감이었다. 조숙했다면 그날 그림일기에 '이상한 느낌'이라고 썼을 법도 한 낭패. 난 여름엔 모든 게 젬병이 되어 간다고 주문을 거는지도 모른다. 어떤 시간으로도 공간으로도 나아가지 않으리라는 것이다. 문득 그런 낭패감이 엄습한다.

새벽엔 내게 달려드는 소뿔을 잡고 한참을 밀리는 꿈을 꾸었다. 받혀 벽에 으스러지기 직전에 '느긋하게' 일어난다. 커피 두 잔째. 정영문은《바셀린 붓다》에서 이런 음모론을 펼친다. 양의 염통을 쪼아 먹는 새와 그것을 아무렇지도 않게 침묵으로 넘기는 양들의 고고孤高에 대해. 동물들이 침묵 속에서도 방귀 뀌고 트림을 하며 공기 중으로 말없이 메탄을 내보내서 오존층을 파괴하며, 다단한 생물학적 복수를 인간에게 감행하는 것은 아닐까 하고 말이다. 동료 개에게 자신의 의지를 결연하게 전달하는 개의 간절한 눈빛이 주인의 발길질로 간단하게 제지당하고 말듯이.

분늑, 마낭에 내려서다가 현관 벽에 이마를 대고 눈을 감았다가는 다시 들어온다.

벽아, 너는 밤새 젊어지고 밤새 늙어 가고 알 수 없이 추레했다가는 또 사랑스럽구나.

2010/07/06 07:06

'진작부터 가난이 찾아온다 했으나 마중 나가진 못하겠다 했다'는 구절을 떠올렸다. 가난은 의인법으로 쓴 실체로 찾아오는 것이 아니라 허깨비가 되어 집을 꽉꽉 채우고, 아무리 잠그려 해도 어떤 소리가 되어 밖으로 피고름이 줄 줄 줄 부끄럽게 새어 나가는 것이다. 그리하여 저 비정의 거리는 한사코 내게 '가난의 의미'를 일러 준다. 가난은 기껏 한 인간의 구질구질한 관념과 낭만 사이에서 비극과 블랙 코미디 사이에서 빛난다. 가난이 말을 건넨다. "네게는 아이러니가 필요해."라고. 반응과 응전으로서의 아이러니. 세계관과 움직임이 한 몸으로 올곧이 가는 아이러니. 그것이 중요하다. 내게 이 시대는 그런 시대다. 한 몸으로서의 아이러니. 그것이 중요한 시대.

만약 모든 것이 끝장이 나서 쌀 한 톨 없는 지경에 이른다면 문을 안으로 걸어 잠글 테지. 그러고는 수도꼭지 앞에 앉아 하던 일이나 계속해 가며 굶어 죽는 쪽을 택할 것이다. 누구에게 손을 내민단 말인가. 아마도 그런 그악스런 다짐으로 버텨 오지 않았나 싶다. 피해를 주지 않겠다는 다짐으로 삶을 비껴간 것일 수도 있다. 삶은 여행이 없는 떠남이다. 결국, 그렇게 끝나고 시작된다. 아직 발꿈치까지 푹푹 빠지는 눈밭을 세 바퀴째 돌며 '마음이 준비될 때까지는…….' 하고 입술을 짓씹으며 나도 모를 속내를 삼킨다.

아침엔 아스투리아스Asturias의 〈강풍〉을 찾았으나 없다. 같은 책에 있는 뵐Böll의 〈아홉 시 반의 당구〉는 여러 번 읽었는데, 아스투리아스는 한 번도 끝까지 읽은 기억이 없다. 아침엔 문득 그 사실이 무척 부끄럽고 창피했다. 결국은 찾지 못했고 집 밖으로 조용히 나가 두서너 바퀴 산책한다. 파졸리니Pasolini의 《폭력적인 삶》을 꺼내 든다. 이 책 역시 끝까지 읽은 적이 없다. 문득 그 사실이 무척이나 다행으로 여겨진다. 읽지 않길 다행이지라고 말이다. 이 책들이 내 손에 들어온 이후 번번이 이런 식이었다. 아마 아스투리아스는 재작년이나 그 재작년에 의도적으로 시골에 던져두었을 거다.

가난이 찾아왔다. 쌀통에 쌀을 채우고, 찢어진 눈썹에 드레싱을 새로 하고. 저녁을 먹고 잠잤다가 자정에 일어나 다시 파졸리니를 읽기 시작한다. 피에르 파올로 파졸리니Pier Paolo Pasolini는 1975년 자동차에 치여 부서지고 칼로 갈가리 찢긴 채 발견된다. 이번만은 끝까지. 시답잖은 다짐도 좀 보태 가며. 오래전부터 찢어져 '웅웅'거리는 스피커를 바꿀 요량으로 새것을 주문해 놓고 책을 덮는다. 창문을 연다. 알 수 없는, Wind Song. 새 스피커 소리는 좋아야 할 텐데……. 커피 타임.

김현이 번역한 앙리 미쇼의 《바다와 사막을 지나》 책 앞 간지엔 예쁜 글씨로 이렇게 쓰였다.

Apr. 30, 1990
뒤늦은 만남이지만
반갑습니다

- 종로에서 유경.

그리고 74~75쪽 〈나타남-사라짐〉에 이르면 1990년의 은

박 껌 종이가 반듯하게 빛난다. 난 가끔 껌 종이를 꺼내 날아간 향기를 상상해 보기도 하고, 그게 어디론가 날아가기를 바라기도 하지, 실없이. 김현의 해설은 담백하고 아름답다.

> *하나의 선은 기다린다. 하나의 선은 희망한다. 하나의 선은 하나의 얼굴을 다시 생각한다.*
>
> *- 앙리 미쇼, 《바다와 사막을 지나》*

이 행간엔 내가 모르는 알 수 없는 심연이 도사린다. 나는 죽었다 깨도 그와는 다를 수밖에 없음을 일깨우는.

2010/01/16 03:48

밀고자의 상상력

누군가 모략을 일삼는다. 밀고자의 상상력은 작동한다. 밀고와 모략의 상상력은 나래를 펼치고 한없이 한없이 이월한다. 이월하고 다시 돌아와도 소문은 우리의 일이다. 우리는 추문에 휩싸인다. 그 모든 모략과 밀고와 추문의 상상력은 우리에 관해서 아무것도 드러내지 못하고 사그라진다. 불길이 지나간 자리에 가련한 밀고자의 상상력이 남는다. 상상력의 작동 방식은 딱 그만큼 그의 수준을 드러낸다.

그는 온 마음을 다해 밀고의 입으로 말하며 그의 상상력의 밑바닥을 드러낸다. 밑바닥에서 그의 수준을 읽는다. 한 시절의 추문이 꽃 사태처럼 바람에 날려 간 자리, 상처를 받은 사람과 상처를 준 사람의 인격이 일곰뚱이를 하고서 정면으로 마주친다. 그렇게 소문이 지나가고 나면 말한 사람과 들은 사람과 옮긴 사람의 인격과 삶의 수준이 적나라하게 나뒹군다.

삶의 음화, 그 척척한 모양을 우리는 두 눈을 크게 뜨고 본다. 추문은 어디 있는가? 소문은 어디 있는가? 그 모든 빛나는 말들의 성가는 어떤 의미로 아로새겨지는가? 결국에는 '소문당한 자'와 '소문한 자'의 겉모습만 남아 그의 인격을 증언하고, 추문의 말은 온데간데없다. 우리가 읽고 쓴 시 역시 그러하고, 우리가 읽고 쓴 시인 역시 그러하다.

시는 추문의 나래가 어디까지 가서 펼쳐지는지를 드러냄으로써 무엇보다도 시를 '소문하고 추문한 자'의 수준을 반영한다. 시인은 어디에 있는가? 시는 어디에도 없다.

부하린Bukharin은 스탈린Stalin에게 편지를 썼다. "시인들은 언제나 옳습니다. 역사는 그들의 편입니다." 부하린은 1938년 모스크바 공개 재판을 받는다. 부하린은 총살당했다. 그렇다. 시라는 추문은 사라지지만, 시인은 언제나 옳다. 더럽게 서럽게 옳다. 시인은 추문하고 추문당하는 존재이기 때문이다.

2013/12/10 11:24

평균율

순수한 음의 수열은 끝끝내 음악의 본질을 위해 존재한다. 그것은 적절한 불협화로 음정 간격을 변조하며 작곡의 진보를 위해 헌신한다. 인간이 자신을 둘러싼 자연 질서의 틀 안에 있는 예술에 굴복해야만 하는 것인가. 음악의 매개를 발전시키며 계속해서 새로운 법칙을 찾아내 자기 자신에게 적용해도 되는가.

어쩌면 바흐Bach는 언젠가 자신의 일기에 저렇게 썼을 것만 같다. 부러 자정의 산길을 오르며 '바흐라면 항시 저런 생각을 했을 거야.' 하며 웃었고, 집에 와서는 노트에 옮긴다. 하지만 바흐는 자신의 음악에 대해 아무 말도 남기지 않았다, 치사하달 만큼. 바흐는 자신의 이름을 차라리 내면에 새겼다. 자신의 내면에 자신의 이름을 새기는 아득한 노동은 신앙에 가깝다.

흐트러지지 않고 발악하지 않고 발광하지 않고, 각각刻刻, 한다는 것인데. 인간은 자신을 둘러싼 삶의 기미가 희미해지는 순간 자신이 받아안을 이름을 부정한다. 삶이란 것이 대체로 희미하기에 이름을 갖기 힘들고, 인간은 서로 특별하기 힘들다. 나는 대체로 그렇게 살아왔다. 도무지들, 벽에 몸을 기대고 이마에 손을 짚으면 어느새 누구도 속에서부터 나를 부르는 나를 향한 특별한 사람은 될 수가 없어서, 어쩌면 이면에 남긴 것들을, 이면에 위임한 것들을 알아 가면서 사는 것은 아닐까? 그러는 사이에 고집스러운 특칭이 되는 거다. 목이 빳빳하게 굳어서 고집 센 늙은이가 되어 발바닥이 두꺼워지는 줄도 모르고 말이다.

작가라는 인간은 자신을 옥죄는 숙명적인 주변성을 버릇처럼 작품의 숙명으로 돌린다. 대중이 가하는 폭력적인 자극을 어디에도 없는 작가 자신의 이름에 덧씌운다. 전류도 전하도 전압도 소용없다. 오로지 저항으로 저를 증명하는 백열전구. 끊어지는 길을 향해 운명을 채찍질하는 자기만의 문학을 위해 자신의 시공간을 가속한다. 지금 내가 쓰는 글은 나도 모르는 무엇인가를 지속하려는 의지와 시간이나 축내는 일기의 싸움이다. 시에 '영혼', '진실', '진리', '삶', '인생', '나'라는 단어를 써 대면서 사기를 치고, 한때는 소중했던 신념들을 서서히 아집으로 만들어 가는 것은 아닐까 싶지만.

그것이 무어건 나라는 놈이 가진 최저점에 가 닿는 시간이 있지 않을까. 저 무섭고도 고요한 밑바닥에 엉덩이를 살짝 댔다 떼는 순간, 그 짧은 일각의 통찰과 이별하는 잠시 잠깐, 나는 가까스로 시인이었던 것이 아닐까. 끊어진 사슬. 사슬 속의 폭력. 폭력으로 점철된 카타르시스. 삶을 방기하고 멍텅구리처럼 살면서 반성도 눈물도 없이 써 댄 것은 아닐까. 바닥까지 닿아서 곤충이 되어 벌레가 되어 눈이 멀어 버린 것은 아닐까. 그 가운데 엉뚱한 말이나 쏟아 놓은 것은 아닐까. (현재화한 과거형으로) 나는 가짜였다.

2011/02/09 01:14

수색, 불빛 무늬

인터넷으로 주문한 헌책을 이대 정문서 받았다. 사람과 사람이 만나서 책을 나누고 돌아서서 이대를 한 바퀴 돌았다. 아트하우스 모모, 잉마르 베리만Ingmar Bergman의 〈제7의 봉인〉을 본다. 신촌에서 문산으로 가는 국철을 탔다. 문산까지 가려고 했다. 행신동에서 내렸다. 항공대 지나니 논과 버려진 임야, 재개발로 문드러진 동네를 가로지르는, 드문드문 사람이 붐비는 샛길을 골라 걸었다. 집 근처였을까? 걸음을

돌려 증산에서 수색으로 멀리 산을 따라 길머리를 잡았다.

수색 아파트는 1968년에 지어졌고 2010년에 폐건물이 되었다. 나는 초록 문 파랑 문을 지나 안쪽까지 가 보았다. 버려진 방 안쪽을 보며 막다른 데까지 갔다. 가로능을 올려나보고 산 능선을 보고 뒤로 돌아 걸었다. 다시 뒤로 돌아서서 핸드폰 사진을 네 번 찍었다. 곁에서 노인 둘이 말한다.

"쓰레기가 문제요. 아무 때나 버려요. 은행나무 아래다가는, 공일이 계속이니."

"냄새가 난다는 거지, 젊은네들은. 못 견디겠다는 거야."

기운 쪽창에 붉은 매직으로 매매가를 눌러쓴 손바닥 종이, 덕지덕지 붙인 복덕방에 들어갔다. 복덕방 노인을 뒤따르며 어디 면사무소 뒷골목을 오래 걷는 느낌이었다. 산 아래 비낀 다가구 2층으로 데리고 갔다. 복덕방 뒷집이었다. 산에서 멀지 않았다. 노인에게 박카스를 사 드리고 은평터널 건너 숭실고 뒤쪽 서벽 트래킹 코스로 올랐다가 서오릉 못 미치는 산 아래로 빠져 구산으로 내려섰고 거기, 서서 김밥 한 줄을 먹고 버스를 탔다.

수색 8구역 두 평짜리 굴집, 불을 켜고 누워서 흑백 티브이를 보는 노인은 떨고 있었다. 안테나를 매단 마른 대나무 장대를 돌려주고 올 것을 그랬다. 집에 가면 조용필 전집을 내려받아야지 마음먹는다. 한 번이라도 수색에 살아 보지 않은 사람은 수색에 대해 어떤 글도 쓸 수 없다. 수색은 시라는 엉터리 소여의 맞은편에 아직 있는 것같이 그렇게 있다.

2012/05/28 16:56

서랍

같은 공간을 차지하는 방식으로
같은 공간을 투과하는 음악
같은 공간을 바꾸면 타인의 장소가 되는데
같은 공간 밖에 있는 자가 바로 나라는
엄연한 사실

공간 밖에 있을 때 비로소 장소는 꼭 같고

균질한 알맹이 같은 눈길들이 여기저기로

광선검을 휘두르듯

공간 밖의 나를 찾는 것.

2013/05/23 02:19

무언가 불타고 있다

창고를 치웠다. 마스크를 쓰고 장갑을 끼고 치웠다. 썩은 상자들을 모아 버리고, 책 더미를 묶어 내놓고, 스티로폼 박스들을 깨부수고 넣고 묶어 버렸다. 썩는 냄새가 진동한다. 반쯤 썩어서 겉장이 나무껍질처럼 뚝뚝 떨어져 나가는 종이 상자 안에서 쥐 한 마리가 나왔다. 죽은 쥐 한 마리, 옆으로 몸을 말고 제 꼬리 끝을 젖을 빨듯 물고 있었다. 땅을 파고 쥐를 묻고 깨진 보시기로 덮었다. 진한 사골 국물 같은 걸 먹고 싶었다. 그보다 먼저 담배 한 대 맛나게 태우고 싶어졌다.

그랬다. 무언가를 셀 때면 둘부터 시작한다. 둘 삼. 포병 숫자. 하나 둘 삼 넷 오 여섯 칠 팔 아홉 공. 하나라는 단어를 잊어버린 것은 아닐까. 둘부터 세기 시작하다가 하나라는 단어를 잊어버렸다. 지금 이 순간이 처음으로 살고 있는 삶이라면 죽은 거나 다름없다. 나는 언젠가 죽었기에 지금이 두 번째이기에 개판 칠 수 있는 거다.

무언가 동시적으로 발생하는 것을 직선적으로 눈여겨본다. 관찰할 수 있다. 시간이 지남에 따라 무언가 밑그림이 완성되고 가지와 잎사귀가 더해져 풍성해진다. 개별자들의 작업이 기능과 형태에 따라 분명하게 분류되고 기록되고 가치가 매겨진다.

- 저 돌은 참 예쁘군요.

- 저 돌은 가치가 없습니다.

- 아름답다는 기능이 있지요, 독특한 형태로 모가 나 있는 것도 특징이라면 특징입니다.

- 하지만 저 돌은 돌이기 때문에 가치가 없습니다.

태어나서 늙고 죽을 수밖에 없기 때문에 유전자 속에 각인된 방법론. 결국에는 기능과 형태가 동일해지고 만다. 연대기와 기능 지상주의의 함수, 덕분에 작가는 작가대로 궁상을 떨 수 있는 무한 자유를 누린다. 누군가 유형화하려고 하겠지만 작품은 작가와 작품 사이에서 그 형태로 자존한다.

무언가 불타고 있다.

이덕무는 쓴다.

> 나는 이미 오락하여 재롱하고 부끄러워 감추는 데나가 스스로 찬미하고 있으니, 오락하여 재롱하는 것은 어린아이의 일이므로 어른이 꾸짖지 아니할 것이요, 부끄러워하여 감추는 것은 처녀의 일이라 외부의 사람이 감히 의론하지 못할 것이다.
>
> 슬프다, 누군가가 나를 보고 '널리 남에게 구하여 스스로 밝히고 빛내라' 하는 자가 있으면 비록 통절하게 풍자하여 규간規諫하더라도 나는 더욱 깊이 두려워하여 견고하게 감출 것이며, 또 누군가가 나를 보고 '다만 스스로 즐거워하고 남과 더불어 한가지로 즐거워하지 말라' 하는 자가 있으면 이에 대해서는 변명을 하지 않으리니, 이것은 참으로 스스로 그러하기 때문이다.
>
> – 이덕무, 〈영처고자서嬰處稿自序〉, 한국고전번역원

– 저게 무엇인가? 저 돌은 예쁘다.

- 타격하기에 적당한 모서리를 갖추고 있다.

2010/04/22 12:54

셀마

일전에 새를 묻었고, 새벽엔 매를 키우는 소년이 나오는 영화를 꺼내 보았다. 소년의 이야기에 처음 귀를 기울인 자는 문학 선생이다. 선생은 칠판에 'Fact and Fiction'이라고 쓰고 '사실'이라는 것이 무엇인지 돌아가면서 이야기하게 한다. 각자의 사실을. 소년은 자신이 매를 키우며 '부닥친', 떨려서 묵직한 사실들을 이야기한다. 소년이 죽어 버린 매를 쓰레기통에서 꺼내어 나무뿌리 아래 묻는 데서 영화는 끝난다.

〈KES〉, 켄 로치Ken Loach, 1969.

보기에 좋았던 창밖 나무가 담을 넘어 유리창 쪽으로 기울고 있다. 살풀이 헤드뱅. 바람이 두세 배는 거세어질 거란다. 나는 오후까지 나무가 몸통을 꺾으며 버텨 주기를 바라며, 차리고 지켜야 한다. 불수의근不隨意筋이란 스스로 쥐어짜는 자기自己인가? 그래, 거기에는 아집도 있고 신앙도 있으리. 저 나무가 저를 비트는 바람을 끝까지 쥐어짤 때, 심장이 다른 판막으로 피를 빠르게 돌리듯, 거센 바람은 푸른색에서 붉은색으로 바뀔지 모른다. 우유부단한 염려로 몰아치는 바람, 햄릿에 불어제치는 해일과 폭풍.

나는 1987년의 폭풍을 기억한다. 그것은 고흥반도에 상륙했다. 7월 오전이었다. 아버지는 새벽에 잡아온 미꾸라지를 대야에 추려 냈다. 가족은 밥을 먹었다. 마루에 앉아 거세어지는 빗줄기를 보다가, 놀라서, 마루를 커다란 푸른 포대로 둘러 싸맸다. 아버지와 어머니와 할아버지는 온통 젖었다. 방 안은 온통 깜깜한 10시, 그때 리어카와 농기구와 내 삼천리 자전거가 있던 창고, 녹슨 함석지붕이 우그러지며 종이를 잡아 찢은 듯이 뜯겨서 하늘로 날아가는 것을 보았다. 정오엔 양초를 품에 안고 바람을 거슬러 신작로를 기었다. 망가질까 봐 우산은 배 아래 깔고, 바람 따위도 이기지 못하는 치욕에

눌려, '팔만 벌리면 날아가 버릴 테지만 온몸은 찢길 테고, 기분이 좋을 수도 있을까?' 등의 생각에 어지러웠던 기억. 그날의 태풍은 이름이 '셀마Thelma'였다.

2012/08/28 09:39

중복 | 부근

중복이다. 더운 소나기가 내렸다.

오랜만에 한강까지 갔다. 갈 때는 빠르게, 올 때는 느긋하게. 싸우는 남자와 여자를 보았다. 한강 요트 선착장에서 건너편 강서구 쪽을 보면서, 박카스(550원)를 마셨다.

싸우는 남자와 여자는 산책을 나온 사람들 같지 않았다. 남자는 은박지를 덧댄 휴대용 깔개를 왼쪽 어깨에 멨다. 여자의 슬리퍼는 편안해 보이면서도 튀는 형광 핑크빛에 흙 한

줌 묻지 않았다. 여자는 투명 비닐 배낭 안에 구두 한 켤레와 옷가지 등속을 넣어 양쪽 어깨에 헐렁하게 걸쳐 엉덩이까지 내리고 있었다. 남자의 헐렁한 바지와 민소매 웃옷. 둘은 선글라스를 끼고 있었다. 여자는 머리를 정수리 위쪽에서 놓여 맸고, 남자는 철제 머리띠를 이마 위쪽까지 올려 꼈다. 싸우는 여자와 남자 너머 햇살이 강하게 떨어지는 한강 물 위에서 요트가 움직였다. 느릿느릿 나아가다가, 돛대를 떨어트리다가, 때로는 물에 빠지다가, 간혹 멀리에서는 물새처럼 빠르게 지나 사라졌다.

한강에서 월드컵 스타디움 쪽으로 평화의 공원을 건너서 돌아왔다. 느릿느릿 걸었다. 정대 형님께 선물 받은 진녹색 습작 노트에, 게바라-자메이카-밥 말리 빛깔의 습작 노트에 썼다. "지껄이지 말 것, 지껄이지 말고 내내 유쾌할 것, 너, 지껄이지 말고도 내내 유쾌할 것, 지껄이지 않고, 유쾌하게 선점할 것, 흡착, 인유, 용인, 평정, 낪, 낫, 평점, 낙, 낫, 낮, 낚, 점령할 것, 희열의 분노가 고여라, 이렇게 쓰고 나니 무언가 응어리가 단전 깊은 데 고였다가 다시 어딘가로 스민다, 희열, 희열의 분노, 희열의 분노의 지껄임의 평정, 평점, 스며라 낙, 고여라 낙"

평화의 공원 호수를 빠르게 한 바퀴 돌고, 마포농수산물시장 빌딩 안을 가로질러, 월드컵 구장을 한 바퀴 돌아, 구장 곁의 간이 축구장, 풋살 구장 밖, 간이 편의점 밖에서 물을 '550리터'쯤 마시고 불광천으로 내려섰다. 돌아오며 응암시장을 느직이 한 바퀴 돌았다. 다들 이렇게 평화롭게들 죽어 가는구나. 비릿한 느림. 이마트 앞을 지날 때는 옛 고향집 번호로 전화했던 기억이 떠올랐지. 33-1800. 정대 형이 대신 전화를 걸어 주었고, 나는 "결번입니다."라는 기계음을 들었다. 결번입니다. 알 수 없는 위안이 느껴졌고, 위안은 잠깐 벅찬 감정으로 고였다가 휘발되었다.

이마트 지나 'Rhian'이라는 미용실에 들어갔다. 디자이너 셋, 보조 셋, 매장 관리 및 견습생 둘. "귓바퀴 위로 머리를 파 주세요."라거나 "귓바퀴 위로 머리카락을 파 주세요."라고 말했다. 응암역 물레방아 앞에서 다시 몇 분 앉았다. 머릿속에서 희곡의 한 장면 대사와 지문이 쓰였다. 나는 재빨리 붙잡았지만 지문 약간과 상황 약간이 날아간 뒤였다.

(방, 장방형. 정면 뒤쪽 붙박이 벽장문이 우그러졌고, 매트리스가 찢긴 채 방 가운데 놓였다. 곁에 다탁 하나, 등받이 없는 의자 둘, 나머지 집기들은 흰 천으로 가려져 있고, 천 위에는 먼지가 쌓였다.)

남자: (의자에서 일어나 매트리스에 주저앉으며, 허리를 무릎에 파묻고 머리를 쓸어 올리며, 천천히, 상체를 일으킨다.) 지킬 수 없어. 의미 없잖아? 트럭은 내가 구할 수 있어. 트럭에 모두 실으면 되잖아. 의미 없는 거야. 집착하지 마.

여자: (다탁에 턱을 괴고 남자를 내리깔아 보며) 트럭 같은 건 필요 없어. (일어서서 천장을 향해 치켜세운 검지를 몇 바퀴 돌린다.) 내가 지킬 거야. 의미 없다는 거 알아. 내가 지키면 돼.

남자: 너 혼자 지킬 수는 없는 노릇이다. 노릇. 알아?

여자: 트럭을 가져온다고 해도 모두를 실을 수는 없는 거야? 모든 것과 무엇. 그리고 어떤 것들도. (탁자에 주저앉으며, 기우뚱하다가, 자세를 고쳐 잡고, 등허리에 힘을 훅 풀어 척추를 순간 갈앉히고, 시선이 없는 눈으로) (침묵) 문제는 네가 없어도 된다는 거야. 트럭은 두고 가 줘.

남자: 지금 트럭이 문제가 아니잖아! 누가 이 모든 걸 지킬 건데. 인정해, 의미가 없다는 것. (애원하듯) 인정해. (일어서서 매트리스를 한 바퀴 돌고, 몸을 던져 눕는다. 짧은 사이. 갑작스레 일어선다.) (협박하듯) 인정하라고. 의미 없어.

여자: 네가 없다면 어떤 것도 지킬 수 있어. 트럭은 두고 가. 너 때문에 문제는 바뀌었어. 지금은 트럭이 문제이고 본질이야.

서울기독대학교 쪽으로 멀리 돌았다. '행복한 찬방'에서 반찬을 몇 가지 샀다. 창이 깨지고, 벽이 허물어지고, 반쯤 파헤쳐진 집들이 있는 가파른 언덕으로 반찬을 들고 넘었다. 걸으며 생각한 것들이 많았는데 부러 잊었다. C의 시집 축하 자리에서 H 선배와 나눈 대화. 문제는 능력이 부족하고 욕심이 많다는 것. 그 사이에서 언제나 채워지지 않는 무엇이 시를 지배한다는 것. 문제는 용기다. 용기. 시적 능력. 욕심이 아니라 용기. 밥을 먹자. 밥 먹을 때만큼은 도를 닦듯 천천히 씹어 먹자. 밥 먹을 때 빼고는 24시간 해찰을 부리는 나라는 인간이여, 너한테 밥보다 더 신성한 건 없다. 유쾌하게 선점하라.

2011/07/24 21:15

하늘은 조용하다

정민 선생님과 스터디를 하는 꿈을 꾸었다. 18세기 한문학이 아니었다. 영미 시 분석 특강이었다. 영미 고전 텍스트가 적층되면서 재창조되는 과정을 역추적했다. 나는 엘리엇Eliot의 〈On Once〉라는 장시와 〈On Oblivation〉이라는 실험극을 비교 분석해야만 했다. 카프카의 소설에 나올 법한 통로와 낮은 천장 그리고 연녹색 형광 불빛이 연이어 켜진 도서관인지 교수 연구실이었다. 〈On Once〉를 집어 들기만

하면 정치나 신화, 종교, 공학 책으로 돌변했다. 어떤 서가는 책들을 모두 뒤집어서 꽂아 놓았다. 그 서가에 있는 책들은 한결같이 내 마음에 들었다. '오르그Ouarg'라는 장시와 '파르그Puarg'라는 장시 그리고 무슨 선언문 그리고 《코지리Quojir어 입문》을 한동안 들여다보았다. 책장 뒤에서 선생님이 나를 부르는 소리를 들었지만 외면하고, 무슨 고대 영어가 빼곡한 책을 들고 도서관을 나왔다. 낮은 한옥들이 나란히 늘어선 산등성이 하숙집 언덕에 앉아 한동안, 구기자를 따 주머니에 넣고 있었다. 비가 왔다. 비그으려 술집에 들어갔지만 곧 쫓겨났다. 잠에서 깼다.

잠에서 깨자마자 엘리엇 평전을 찾아 들었다. 그런 제목의 작품은 물론 없었다. 콩나물국에 밥 말아 먹었다. 하늘이 조용하다.

2010/04/11 16:25

삶의 척후

'척후'라고 써 본다.

'삶의 척후'라고.

삶이 시를 품고 내치고 기르고 주저앉힌다는 생각은 겉멋 든 망상이다. 시가 삶을 이끌고 비틀고 계시하고 묵시의 빛을 준다는 생각은 독사doxa다. 시는 삶과 무관하고 삶은 시와 별개다. 삶과 인생은 다르다. '인간이 시공간을 산다'는 말은 공리 수준에서도 증명이 힘든 당위다. 시적 정의는 이처럼 불합리와 탈인간, 부정성의 범주에 자리하는 듯도 하지만, 다시 생각해 보아도 삶과 삶의 주체라고 생각되는 그 인간은 다만 별개로 살아 있는 것만 같다. 시와 삶은 무관하고 삶과 시는 별개이기에, 둘이 하나 되는 '언어 마술'의 순간에 진리 또는 진실이라는 수사를 쓰는지도 모른다. 시와 삶이 아주 짧은 순간 하나가 되기도 한다만, 그 찰나는 시에 또 삶에 함께 쓰이는 작은 '사건'의 역사로 남을 뿐일 테다.

한 인간에 대한 과대평가는 그에게 이미 내재한 힘의 결과인 수가 많다. 한 편의 시에 대한 과대평가 역시 그에게 이미 내재한 힘의 결과인 수가 많다. 보통 인간은 과대평가를 즐기는 반면 내재한 힘을 돌보기 힘들다. 한 편의 시 역시 마찬가지이리라. 평가적 판단과 별개로 이미 내 안에 있는 힘을 돌보기는 힘들다. 최선의 경우, 인식의 힘은 그가 스스로 내장한 힘을 돌보고 눈길을 주도록 '시적 저항'을 추동할 테다. 최악의 경우, 망상은 그를 눈멀게 하고, 과대평가된 추문만을 돌아보게 하고, 그는 한 편 한 편 작품의 더께로 감싼 화석이 될 것이다. 돌보기와 돌아보기. 과대평가와 망상. 인식과 전율의 변증. 시는 삶의 자잘한 계기들 가운데 하나로 시작된다. 냉정하게 생각해 볼 때, 시는 삶의 사소한 편린들 가운데 하나여서 자기 역사로 남는다.

한 줄에 서서 빛이나 어둠을 기다리고 엎드린 사제와도 같이. 삶은 계기적이지 않고 시는 선조적이지 않기 때문이다. 인간은 다만 살 뿐이다. 시인은 다만 쓸 뿐이다. 별개의 과정이 하나인 것처럼 보인다 해도, 그 환희의 고통이 영속될 것처럼 여겨진다 해도 시는 아주 짧은 시간 쓰이면서 몸에서 종이로 옮겨 간다. 시는 종이 속에 머물다 바수어져 부스러기가 되거나 타올라 청동 브론즈가 된다. 시는 삶에 작은 생채기나 될까. 시인은 시가 생채기 될까 보아 삶이라는 한 몸에 시로 개입하지 못한다. 시인은 자신만의 문장을 만들고, 그 문장이 유치해 보일 정도로 단순화될 때까지 밀어붙인다. 단순화될 때까지 끝없이 밀어붙이다 보면 혼돈과 잉여의 내용들이 그 속에 팽팽하게 담기는 수도 있을 것이다. 그 순간 '또한' '마침내' 시는 삶과 무관하고 삶은 시와 별개다.

시와 삶에 일치하는 것처럼 보이는 혼란과 갈피 없음과 이해 불가능성은 그 자체로 계시의 터전을 마련해 주는 것도 같다. 착각과 도취. 저 스스로 살아남은 시는 해석에 대한 내밀한 욕구를 성전聖戰처럼 추동하기도 한다. 싸움 속에서 전쟁 속에서 삶은 외따로 남겨질 테고 해석은 저 혼자 의미를 품는다. 이와 같이 삶이 시를 추동하는 진리의 요구를 밀어붙여 '제 영혼과 몸뚱이'에 시의 소환장을 발부하는 순간에도 시는 끝끝내 잉여를 기루고 있는 것이다. 모든 인간이 나날을 살듯이 다만 그 속에 살고 쓸 뿐이다. 시 역시 그렇고 삶 역시 그렇다. 아주 작은 계기들의 척후. 지나가고 부서지는 편린片鱗. 같은 상처의 다른 흉터로 남은 징후.

나는 이 글을 분명하게 목을 조르듯이 명징하게 써 내려갔고 이제 마침표를 찍는다. 저녁 약속이 다가오고 학교 교가가 울리고 이제는 일어서야 한다. 도서관 광장을 가로지르는 임순례 감독을 보았다. 그는 비 오는 날 소극장 매표소 여직원의 모노드라마를 만들었다. 그는 〈세 친구〉라는 영화를 만들었고 그 속에는, 뚱뚱해서 비디오방 내실을 빠져나오지 못하는 스물의 아이와 가발을 쓰고 가위질을 하다가 남자에게 강간을 당하는 아이와 어깨뼈를 각목으로 내려쳤다가 군에 가서 귀를 먹고 제대하는 아이가 나오고 셋은 친구다. 갑자기 영화를 본 아득한 이십대의 언젠가가 떠오른다.

2013/10/14 17:53

고양이는 별들의 옷이라 쓴 적 있다

큰길 쪽 이웃집을 사이에 두고 폭 30cm 정도의 빈 공간이 있다. 담벼락과 담벼락이 마주 선 틈새다. 길이는 약 3m 정도. 높이는 약 4m 정도. 통로 쪽 벽은 아내의 방과 부엌이다. 이 좁은 구역은 길고양이들의 안식처다. 동네는 2~4층의 단독 주택들이 오밀조밀 모여 있는 구시가. 좁은 골목에는 화분이며 평상이 놓였고, 할머니들이 유모차에 기대어 걷기도 하고, 할아버지들이 아이를 데리고 비닐 자리에 앉아 해바라기를 한다. 지하철역에 바로 붙어 있는 이곳은 몇 년째 재개발을 둘러싼 다툼이 끊이지 않고 있다. 서울의 여느 도심이 그렇듯 인구는 과밀이고, 공간은 과포화 상태다.

거기 아내와 나는 산다. 낮은 건물들은 이마를 맞대고 어깨를 겯지르고 있으니, 추레한 그늘이며 살림살이를 들여다볼라치면, 마치 돌이 갓 지난 어린아이가 밥을 달라고 응앙응앙 울고 있는 것만 같기도 하다. 앞집에는 가는귀가 먹은 할머니가 사는데, 그의 늙은 아들은 하루가 멀다 하고 늙은 어머니를 찾아 말동무를 하고 돌아간다. 저녁이 늦도록 TV 볼륨을 높이고 마치 싸우기라도 하는 듯 가는귀먹은 어머니에게 드라마며 뉴스를 해설하는 아들의 목청은 곧장 내 서재까지 그윽한 웅성거림을 채운다. 술을 먹고 돌아가는 아비들의 그악스럽고 애처로운 악다구니며, 으슥한 골목을 찾아 나무젓가락에 담배를 끼우고 나누어 피는 아이들의 불량하고 또 불안한 수군거림이며, 옆집 반지하 방에 세 들어 사는 신혼부부의 저녁상에 고기 굽는 소리까지 모두 귀에 들어온다.

이 좁고 과밀한 도시에서 이들과 우리 부부는 몸에 배인 습관으로 서로의 동선과 영역을 침범하지 않고, 적당한 공유 지대는 소음으로 남겨 둔 채로 살아간다. 집 앞 골목에 허섭스레기며 담배꽁초가 쌓이면 주로 치우는 쪽은 우리 부부이거나 옆집 아주머니인데, 그것이 유별난 선행이라거나 고까운 결벽이 아니어서 삶은 대체로 무심하게 서로의 영역 안에서 이루어지는 것 같다. 다행히 이 공간은 저녁이면 시끄럽지가 않다. 이웃집 불 꺼지는 소리까지 신명하게 들리는데도, 시끄러운 음악 소리며 고함 소리를 들은 기억이 아직은 없다.

이것을 어떤 환경학자는 '경쟁이 윤리적인 내용을 포함한 협동 체제를 만들고, 거기서 부분적으로 대체된 진보된 형태의 공생'이라고 어렵게 말했지만, 각자의 삶을 침탈하는 불편함과 소음과 욕망의 기식을 적당한 무관심으로 돌리고 서로를 존중하는 법에 익숙한 도시인의 무의식적 윤리라고 말하고 싶다. 윤리라는 단어가 너무 거창하다면, 도시라는 공간이 불안하나마 장소를 나누어 점유하는 데 최소한의 지혜를 발휘한 결과라고 말할 수도 있을 것이다. 거대 도시에서 자신의 욕망과 일상을 미분한 개체가 되어, 이웃과 아내와 나는 서로 불안정한 평형 상태 속에서 사는 셈이다. 이 공동체 안에서 아내와 나와 이웃은 동료 구성원에 대한 최소한의 존중을 몸으로 익혔고, 함께 사는 이 동네라는 '공동체 자체에 대한 존중'이 필요하다는 사실을 직감적으로 알고 있는 것이다.

말했다시피, 아내와 내가 사는 집과 옆집 사이에는 폭 30cm, 길이 3m, 높이 4m 정도 되는 건물 틈새가 통로처럼 나 있다. 살이 포동포동하게 올라 얼굴이 둥글고(유머러스하게 생겼고) 회색 털과 흰색 털이 띠 모양으로 번갈아 섞인 몸통에 꼬리를 수평으로 들쳐 세우고 다니는 암고양이가 그곳의 주인이다. 온몸이 검은 털에 눈에만 하얀 점박이가 있는 날렵하고 작은 수고양이도 간혹 거기를 지난다. 암고양이는 고추며 토마토며 장미를 심어 놓은 옥상 화단을 지나, 대문 들보 위를 지나서, 우리 집 지붕 위로 올라가서는 예의 통로로 내려선다. 아내와 나는 부엌 창 너머로 녀석을 보기도 하고, 대문 위를 느릿느릿 지나는 녀석을 마주하기도 하고, 심지어는 지붕 위에서 다른 고양이와 혈투를 벌이는 녀석을 보기도 한다. 그래서 나는 이렇게 쓰기도 했다. "아침이면 화분에 물을 주고 고양이가 물어뜯은 흰 꽃잎을 솎아 낸다."

인간으로 과밀한 이 동네의 샛길과 지붕과 담장 위에는 고양이도 살고, 오소리(!)도 살고, 개도 살고, 쥐도 산다. 인간과 건물만으로도 충분히 과밀한 도시의 '잉여 장소'에 이미 인간의 공동체 안으로 들어온 생명들이 함께한다. 이 도시 공동체의 범위는 이제 인간과 땅과 물과 공기와 식물과 동물까지를 아우르고 있는 셈이다. 고양이는 고양이대로, 오소리는 오소리대로, 장미는 장미대로 존속할 권리가 있다. 인간만으로도 좁은 이곳의 어느 좁은 구역에 그들이 자연 상태로 존속할 권리가 있다는 사실을, 나는 인정하는 쪽이다. 나는 유별난 고양이 애호가는 아니다. 나는 아내와 '반려하기'에도 시간이 부족하고 열정이 모자라니까 말이다.

인간을 정점으로 하는 도시 문명 공동체에서, 그것도 (경제적이고 또 자연적인) 한 방향으로 치닫는 직선적인 에너지 회로 안에서, 고양이가 얼마만큼의 소음으로 틈입했는지 또는 얼마만큼 배제되었는지를 생각해 보기도 한다. 인간 공동체 내부의 윤리와 합의가 자연에게 어떤 정도의 자리를 내주는지, 생명 공동체 안에서 인간이라는 종의 공동체가 어떻게 '바깥을 바라보는 탄력적인 시각'을 유지할 수 있을 것인지에 대한 생각들 말이다. 알도 레오폴드Aldo Leopold는 "생태학적으로 윤리란 행동의 자유를 제한하는 것이다."라고까지 말한 적 있지만, 내 생각은 거기까지는 미치지 않는다.

저 고양이가 자신의 삶을 이 도시의 새로운 질서에 적응시킬 수 있을까? 인간은 보다 덜 폭력적인 방법으로 고양이와 인간 사이의 변화를 이끌어 낼 수 있을까? 레오폴드는 생명 공동체의 건강이란 '자기 회복 능력'이라고 말했다. 그가 생명 윤리에 걸었던 낙관적인 윤리 진화론은 내가 사는 이 동네의 사정에 비추어 보면, 그 절대적인 언명의 어려움으로 논쟁거리와 숙제를 남기고 있다는 느낌마저 든다. 그의 말대로 "도덕의식 없는 의무는 아무런 의미가 없"고, 생명 "윤리의 영역이 개인으로부터 공동체로 확장됨에 따라 그것의 지적 내용이 증가하는 것은 자명한 이치"이겠지만 말이다.

아내와 나와 고양이가 함께 사는 이 공간을 둘러싼 내 생각의 실타래는 풀릴 기미가 보이지 않는다. 시에도 썼지만 "아내는 고양이를 무서워한다." 고양이 옆에는 아예 다가갈 염도 내지 못한다. 그런 아내가 고양이에게 밥을 주러 다니길 몇 해째 거르지 않는 선생님과 함께할 때는 아무렇지도 않게 고양이를 쓰다듬는다. 인간이 함께하는 생물에 대한 심려는 물론 윤리적이고 심미적인 차원과 연관이 될 것이다. 생명 공동체의 통합성과 안정성 그리고 아름다움을 생각하는 전일주의적 사유 방식은 옳은 가치를 내포하는 것으로 여겨진다. 인간 공동체 내부의 자기모순과 결핍의 원인을 엉뚱한 데로 돌려서, 다른 '숨탄것들을 향한 연민(고종석)'의 시선을 값싸고 방향을 잃은 배려로 매도하거나 과도한 애정으로 몰아세우는 태도에도 나는 반대의 입장이 분명한 편이다.

그러나 그러한 가치들을 이 도시 공간 안에서 실현하기 위해서 우리가 함께 노력할 때, 우리를 둘러싼 장소들이 모순에 부닥치고 인간을 언짢게 할 때, 우리는 우리의 시선을 어디에 두어야 할 것인지에 대해서는 여전히 대답하기 힘들다.

내 생각이 잘못되었을 수도 있다. 이 문제에 대해서 나는 한 번도 깊게 생각해 본 적이 없으니 말이다. 이런 문제의 모순에 대한 내 생각은, 몇몇 생태시에서 보잘것없는 꽃과 벌레를 무심결에 밟고 나서 인간인 자신의 밤욕과 죄과를 고해성사하듯이 뇌까리는 사유의 미천함에 기겁을 했을 때의 당혹감과도 묘하게 겹친다.

생명 공동체가 전일적인 가치를 지니고 있다는 사실은 취향이나 태도의 문제가 아니라 당위이자 의무와 결부될 수도 있지만, 그것이 생태학적인 파시즘으로까지 나아가는 것은 아무래도 거북살스럽다. 생명 윤리의 문제가 인간에 대한 태도와 겹치는 지점에서 해답은 명백하지만 말이다. 아내와 내가 이 동네를 살아가며 아무런 옳고 그름도 정의하지 않고, 아무런 의무도 제시하지 않으며, 아무런 희생도 요구하지 않는다면 아내와 나와 고양이 사이의 문제는 해결되지 않을 것이라는 '사실'은 분명하다.

다시 말하지만, 아내와 내가 사는 집과 옆집 사이에는 폭 30cm, 길이 3m, 높이 4m 정도 되는 건물 틈새가 통로처럼 나 있다. 이 동네에도 정성스럽고 예쁜 마음을 지닌 캣맘이 사는지, 거기에 고양이 사료를 던져 넣고 간다. 비닐봉지에 사료를 넣어서 틈새에 던져둔다. 한 달쯤 지나면 비닐이며 빵 쪼가리며 음식물들이 거기 쌓인다. 대부분의 캣맘들은 먹이를 주는 그들의 행동을 고깝게 생각하는 이웃들의 불편한 시선을 이중으로 감내하느라 부러 청소며 주변 정리까지 하는 편인데, 낮모를 그이는 벽 틈새에 쌓인 쓰레기를 지난 11개월 동안 한 번도 치우지 않았다. 그이는 자신이 먹이를 던져 놓는 그 끝에 남의 집 주방 창문이 있을 수도 있다는 생각을 해본 적이나 있을까? 기다란 빗자루를 거꾸로 잡고 팔을 뻗어서 틈새의 쓰레기를 끌어내고, 고무장갑을 끼고 코를 막고 쓰레기를 두 달에 한 번씩 치우는 이는 대개 옆집 아저씨 아니면 나다.

이 글은 엊그제 쓰레기를 치우며 생각한 내용의 대강이다. 고양이에게 먹이를 주는 그이의 살뜰한 마음은 어디를 향하고 있는 것일까? 지금의 나로서는 알 수가 없다. 분명한 것은 이 비정하고 과밀한 도심의 뒷골목 주택가에서 고양이가 살아남기는 힘들 것이라는 사실. 고양이는 고양이대로 존속할 권리가 있고, 그 권리 앞에서 이 도시 공간을 잠정적으로 지배하는 인간의 의무는 한 번쯤 다시 사유될 필요가 있다는 사실. 그럼에도 그 모든 문제 이전에 이곳에 사는 인간이라는 자본과 욕망의 포식자 역시 모순 덩어리인 도시 공간의 구성원이고 생명 공동체의 구성원이라는 사실. 그리고 아무리 숭고한 가치를 지닌 행동일지라도, 어떤 집단도 자신의 편익을 위해 다른 종을 절멸시킬 권리는 없다는 사실.

나는 다만 내 집 담벼락 곁에 먹이를 주며 고양이를 돌보는 캣맘의 행동이 어떤 감정적 과잉이거나 지적 과잉이 아닐 거라고 믿는다. 그이의 윤리와 나의 윤리가 어떤 심미성이나 안정성에서 동일한 지점을 겨냥하고 있을 거라고 막연히 추측한다. 그리고 그이가 자연 앞에서 인간을 탐욕의 덩어리이고 악의 근원처럼 고해성사하는 생태시의 화자처럼 생명 공동체의 전체 가치만을 강조하는 환경론자는 아니기를 바란다. 그이가 인간의 윤리와 심미성에 바탕을 둔 변화 가능성에 비관적인 입장을 가지고 인간의 윤리와 의무에 대해 절망적인 시선을 가지지는 않기를 바라고, 그렇지 않을 거라고 믿는다. 그이가 고양이에게 먹이를 주는 마음이 자연 앞에 속죄를 강요하는 생명 전일주의에서 한 걸음 더 나아간 지점에 있고, 그것이 '숨탄것들을 향한 연민'의 발로였을 거라고 믿는다.

* 후기: 글을 쓰고 난 며칠 뒤의 일이다. 밤새 아기 울음소리가 들리더니, 그예 고양이는 새끼를 세 마리 낳았다. 지하 작업실 창문 바로 앞이고, 안방 창문 바로 아래다. 그리고 다시 며칠이 지났다. 새벽

산책길에 정성스런 캣맘의 정체를 알아냈다. 그이는 화, 목, 일요일에 음식물 쓰레기를 수거해 가는 환경미화원이었다.

2014/06/27 12:59

누가 환상의 꽃을 꺾는가?

시가 시이기를 원하는 순간
세상의 어떤 시도 본래 의미의 시일 수 없다.

시인이 시인이기를 바라는 순간
세상 어떤 시인도 본래 의미의 시인일 수 없다.

2013/03/19 23:36

묘墓지誌

새벽 산책길에 죽은 새를 보았다. 죽은 새를 읽던 시집에 받쳐 들고 걸었다. 고운 면포를 주웠다. 시집에 새를 얹고 면포로 덮어 안고 돌아왔다.

그가 즐겨 날았을 산책길에 새를 묻었다. 면포로 수의를 해서 그를 감쌌다. 나무껍질로 관을 대신해 그를 매장했다. 묵직한 돌로 평장석을 대신해 산짐승과 고양이를 벗어나 잠

들도록 도왔다.

뒷산 아까시나무 귀퉁이 차돌 아래다.

2012/08/27 16:36

팩션
일기

아이들 몇, 낮은 담장에 나란히 앉아 뭐라고 뭐라고 저희끼리 이야길 나누고 있다 등 뒤에서 사과 향이 물큰하다 아이를 업은 젊은 여자가 가만히 가만히 있어 채근하며 곁을 스친다 집 앞에 엉망으로 내놓은 쓰레기 더미 주차장에 함부로 팽개쳐진 연고 없는 자동차 분노로 사방 불 켜진 창문들을 노려본다 그러고는 문을 쾅 닫고는 집으로 들어간다 누군가 술을 먹고 노래를 크게 틀어 놓거나 하릴없이 싸움질해 대거나 방문을 온통 열어 놓고 노래를 불러 젖히거나 그런 것들이 이곳에서는 서로에게 부정적으로 틈입하려는 간섭이라서 문을 꼭 잠그고 귀를 틀어막고는 끙끙 신음으로 응전하려는 광기를 차곡차곡 채우는 일이다

나는 언젠가 생면부지의 남녀가 서로 욕을 하고 드잡이를 하고 서로의 기억을 서로에게 꺼내 던지며 서로를 짜 맞추며 계속되는 이야기를 쓴 적이 있다 그들은 공동묘지로 가고 그들은 편의점에 가고 그들은 호텔에 가고 그들은 서로 옷을 뒤바꿔 입고 그들은 마침내 과거의 서로에게 어미가 여자가 남자가 되어 주고 그들은 마침내 그렇게 가는 것이다 도언 형이 연초에 사소설을 써 보라고 말해 주었다 나도 모를 나를 마름질하기에 가장 고마운 적절한 충고였다 형이 미국에 가 있는 사이에 열심이었지만 그건 5년 후 또는 기약 없는 언젠가로 미루어야 하겠다

사이, 긴 사이, 작은따옴표 속의 독백들, 이탤릭체의 대화들, 짧고 간결한 묘사로 이루어진 동작 지시문들 이런 장치들이 은연중에 시에 스며들었다 지난 2년 동안 내 시 속에 일어난 변화들이다 이건 어떤 정신의 변환 지점을 암시하기에 강력하다 나는 그것을 반추해야 또 앞으로 나아갈 수 있다 무얼 숨기려고 무얼 까발리려고 그런 형식을 형태를 고안했을까 하고 말이다 며칠은 더 술을 참아야 할 테다 어수선하

고 복잡한 자리의 술은 좀체 맛이 나지 않고 집에서 혼자 마시는 술은 구미에 맞지가 않게 되어 버렸다 시시껄렁한 농담을 하며 서롤 어루만지는 듯한 위안을 느끼기 힘들어졌기 때문이다 이즈음의 나는 조금 강퍅해졌다 어떤 물리학도가 쓴 시집을 찾았으나 보이질 않는다

다시 그 글을 떠올린다 극에서 그 남자와 그 여자는 쌍욕을 하면서 만난다 지칠 대로 지쳤을 때 서로를 '인지'하는 듯하다 아 당신…… 그래 당신…… 하면서 그들은 자신이 쓰는 픽션에 상대를 들여앉히며 대화를 이어 나간다 그렇게 이야기는 시작되고 결말은 완고하다 그 결말이 더는 유효하지 않기에 폐기되어 버린 글들 선물 받은 립밤을 부르터 피가 나는 입술에 바르고 새빨간 입술을 하고 진보랏빛 캐시미어 이불을 뒤집어쓰고 자다가 일어났다 지난 꿈 큰방 침대에 누워 누군가를 교사했다 커튼을 뜯어 목을 친친 감아 힘을 줄수록 내 눈알의 실핏줄이 죄다 터져 침대로 핏방울이 고이는 그러한 꿈들의 연속 음악 없이 건널 수 있다 무심한 저녁, '팩션faction'은 마침표조차 허락하지 않으니 어떻게 마칠래, 이 무변한 행간을, 어떻게 닫을 셈이니

2009/12/22 19:06

가정의 감정

한때는 침묵과 포기와 가난이 가장 가혹한 법이었다. 침묵은 근면함으로 포기는 성실함으로 가난은 담대함으로 유전되는 것이 내 부모의 삶인 듯하지만, 자세히 들여다보면 선택과 판단을 앗긴 자들로, 비굴과 굴종을 마치 천형인 듯 알고 살아온 내 부모 세대의 뒤늦은 깨달음이 바로 근면과 성실과 담대함 바로 그것.

부모들은 몸으로 가정苛政을 버텨 내며 흉터를 자식에게 남긴 것이 아니다, 희생으로. 후세에 그 허물과 흉을 남기지 않으려 싸운 것이 아니다, 배려로. 외려 부모들 자신도 모르는 사이 자신의 무의식의 지도가 바뀌었다는 사실을 떳떳이 인정함으로 인해 못난 삶을 보듬은 것. 보듬어 안는 법을 가르친 것. "아들아, 이렇게 보잘것없지를 않느냐?" 하고 말이다.

그렇게 가난이라는 단어는 이미 문어文語로 전락했지만, 침묵과 포기라는 단어만은 여전히 '저들'이 우리 모르게 우리에게 굴종을 강요하는 수단으로 가장 가혹한 가정苛政의 법이다. 침묵과 포기라는 악법.

2012/12/18 15:36

배설 없는 걷기

•

새벽, 책장을 정리했다. 작은방에 자료, 시집, 경전을 몰아 넣었다. 큰방 컴퓨터 쪽에 눈에 익은 책들을 두고 멀리 소설 책들, 나부랭이들로 배치했다. 6시간이 넘어 걸렸다. 이로써 4학기 준비를 끝냈다. 제기랄, 학생이라니. 이번 학기에는 또 무슨 논문을 쓰려나. 지방세와 생활 요금을 이체했다. 학과 모임 회비를 송금했다. 엔터 키를 누르며 문득 '최하층민'이란 단어가 얼굴에 새겨지는 느낌. 3시간 읽고 잤다. 곯아떨어

졌다. 오후에 읽은 문장들 가운데 기억에 남는 것은,

> 나는 아무렇게나 문장 하나를 썼다.
> "그는 창밖을 내다보았다."
> 이런 문장이면 완전하다.
>
> – 프란츠 카프카Franz Kafka, 《카프카 전집2 – 꿈 같은 삶의 기록》

19시에 KOFA에서 고바야시 마사키小林正樹의 〈할복〉을 보려 했다. 놓쳤다. 일어나자마자 성욕이 들쑤시고 올라왔다. 뒷산 소로를 따라 헤맸다. 어둘 무렵, 수색에서 응암으로 불광천을 따라 걸었다. KOFA에 들렀다면 아마 응암동 헌책방에서 책을 샀을 것이다.

책, 공부할수록 기본이 되는 책들이 중심을 잡는다는 것을 안다. 중심으로, 중심으로 의지를 가지고 끊임없이 생각을 회귀시키는 작업. 바로 그곳에서 내가 포에지라고 믿어 의심치 않았던 그것이 나의 시를 이소離巢하는 것이다. 나는 주변 사람들이 시를 쓰는 것을 권하지 않고, 말리지 않고, 격려하지도 않는다.

시는 당신이 믿듯이 또는 자신을 속이면서까지 확신하듯이 그렇게 순수하지 않고, 시를 둘러싼 모든 것들(직업, 생활,

가정, 윤리, 신념, 다짐, 무의식, 욕망, 아집……)은 그렇게 간단하지 않다. 때문에 삶이 시에 요구하는 건강하고 강건한 정신이란 어쩌면, 뮤직 박스 앞에서 팔 굽혀 펴기 하는 나치스 친위대의 이두박근과 같을 수도 있다.

2012/08/29 22:10

광화문 일몰. 광장의 동상은 일제 강점기의 무단 통치와 문화 정책의 획책을 뒤집어 21세기 민족주의 알레고리를 만들려는 서사인 것만 같을 때가 있다. 햇살이 튀어 오르는 포도와 분수와 화분들이 과히 나쁘지는 않은 광장이다. 올여름의 장마는 어떻게 견디어 낼지 의문이다만. 건너 세종문화회관은 빠르게 외관의 빛을 잃어 가고 있다. 주위 건물의 배치와 외벽, 바닥의 색깔이 세종문화회관을 포위해 오는 듯, 광장의 표정은 무채색으로 만들어 낼 수 있는 화려한 빛을 사력으로 뿜는다. 타워 크레인과 골리앗이 부지런히 일하고 있다. 뒷골목은 변한다. 정동교회 뒤쪽이나 내수동 쪽이나 중국문화회관 근처까지 헤집어 오르면 그나마 골목 사이의 밥집들이 남아 있다. 광장과 타워 크레인 아래 도시는 앞모습만으로 구획을 정비한다. 그러나 여전히 매끈하게 좁혀 오는 광경의 얼굴보다는 뒷길과 샛길 뒷모습의 풍경에 정이 더 깊은 것이 산책자의 버릇이다. 교보문고 주차장 우측 하단 모퉁이는 박인환 시인의 집터다. '쟈니 워커'라도 한잔 올릴 일이다.

《태양이라는 이름의 별-빅또르 최의 삶과 음악》을 구입했다. 차마 평전이라는 분류 세목은 붙이지 않은 것은 양심적이다. 빅토르 최Viktor Tsoi의 삶에 관한 글은 본문에서 64쪽에 불과하다. 저널을 쓰듯 내린 평가적인 판단을 제외한 부분은 거개가 이미 알고 있는 사실들이다. 구글링 몇 번이면 모두 알 수 있는 정보들이다. 책의 나머지 부분에는 빅토르의 노래 가사를 앨범별로 정리해 완역해 놓았다. 그러니까 이 책은 소략한 해설이 깃들인 빅토르 최 시 전집이라고 보면 될 것이다.

비슷한 기획으로 빅토르 하라Víctor Jara에 관한 책이 출판된 적이 있다. 《노동하는 기타, 천일의 노래-빅토르 하라와 누에바 깐시온》 앞부분에는 빅토르 하라 약전이 실렸다. 중

남미 누에바 칸시온Nueva Canción의 역사에 대한 개괄이 함께 하고 있다. 나머지 부분에는 빅토르 하라의 노래 가사집이 실렸다. 역시 빅토르 하라 시 선집이라고 보면 된다. 나는 이 책을 교보문고 노동법 코너에서 샀다. 절판되기 직전에 한 권을 더 사서 안 모 시인에게 선물했다. 이 책에는 빅토르 하라 전곡이 조악한 테이프 음질의 CD로 붙어 나왔다. 평전《빅토르 하라》는 아내 조안 하라Joan Jara가 썼다. 아내가 쓴 문장치고는 냉정함을 유지하는 책이다.

어제 오후 4시, 고려대학교 4·18기념관 대강당에서 빅토르 최 탄생 50주년 기념행사가 있었다. 〈이글라Igla〉를 상영했고 후속 공연이 있었다. 사실 행사가 오늘인 줄 알았다. 고려대학교로 가고 있었다. 다행히 신당 즈음에서 길을 돌렸다. 광화문에 가서《태양이라는 이름의 별》을 산 것이다. 영어 중역된 가사를 모아 놓았었는데 이제 지워도 되겠다. 이 책의 값어치는 딱 거기까지다. 빅토르 최의 시가 가진 비유나, 자연스러움, 굵직하고 깊은 메시지는 우리 시단을 눈여겨서 깊게 보면 충분히 찾을 수 있다. 빅토르는 예인에서 전인으로 가는 길목의 진리주의자로 살아 있기에 다른 가치를 우리에게 전유해 보여 주는 귀한 사례인 것이다. 이 반진리의 시대에 육성肉聲으로 남은 이정표가 몇이나 된단 말인가? 빅토르는 이제는 사라진 육성 중 하나라는 데 의미가 있다. 때문에 그의 시에 과도하게 의미 부여를 할 일은 아닌 셈이다. 이 나라 시단의 '지금·여기·현재'도 애정을 갖고, 아니면 증오를 갖고 읽으면 풍요롭고 다채로운 육성의 문양을 들을 수 있다.

2012/06/23 20:34

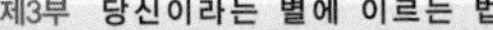

제3부 당신이라는 별에 이르는 법

프렐류드 prelude

나는 아니 우리는
시를 말하고 있다.
그것이 시지.
그 끈질김으로
무엇이 되었든

있을 것이 마땅히 있어야만 하는 질서를 꿈꾸기에

그것이 시이고 집이고 인간이지.
있을 것이 마땅히 있어야만 하는 질서의 자리가 되는 그곳을 꿈꾸기에
시이고 집이고 인간이지.

너는 어디든 갈 수 있고
언제든 돌아올 수 있으니
서로는 우리로 인해 자유하자.

> *"매일매일 아주 열심히 연습합니다. 마치 사람들 앞에서 연주하는 것처럼 말이에요. 음표 하나하나에 심혈을 기울여 연주합니다. 마치 관객들이 곁에 있는 것처럼 말이에요. 그렇게 1시간 30분을 연주하면 지치고 맙니다. 그런데 어떻게 몇 시간을 연주할 수 있다는 말이죠? 그것은 집중해서 연주하지 않았다는 말입니다. 다른 삶을 염두에 두면서 음악을 다루었다는 말입니다. 저는 매일 매일 콘트라베이스와 이혼합니다. 연주를 마치면 케이스에 넣어 치워 버립니다. 그러고는 전혀 다른 나의 일상, 일상의 삶으로 되돌아갑니다. 그리고 저는 다시 매일매일 콘트라베이스와 결혼합니다. 다음 날 아침 일상에서 연주로*

돌아가면서 말입니다. 다시 태어난다고 해도 저는 이렇게 60년을 콘트라베이스 주자로 살 것입니다."

- 프랑소와 라바스François Rabbath, 〈2011년 내한 인터뷰〉

2011/06/26 08:48

허기진 말들

며칠 전부터 이런 생각을 한다. 때로는 따뜻하고 때로는 차갑기 이를 데 없는 허기의 말들. 어쩌면 그 모든 싸움과 대립들은 더욱 근원적인 연대를 향한 몸부림의 가면일 수도 있을 것이다. 모든 해결은 비해결의 방식을 포함하고 있기 때문이다. 프루스트Proust의 말대로 "시인은 시인을 일부 포함하는 그 사람으로부터 독립적으로 존재한다." 시인을 일부 포함하는 바로 그 사람으로부터 독립적으로 존재하기 위해서는 그

자를 잠자게 두어야 하리라. 그자를 가두고 영원히 쉬도록 한 자리에 눕혀야 하리라. 그것이 바로 비해결의 해결일 테니.

두서없이 적히는 글. 행간이 저 혼자 흘러가게 내버려 두며, 타인의 속살을 만지는 느낌.

아득하다.

어쩌면 대화란 똑같은 사물과 사태를 가리키는 똑같은 소리의 집적. 우리가 나누는 암호문과 같은 형상으로 쓴 일기, 우리가 가진 암호의 속성을 가진 아름다운 욕설, 마침내 해독된 암호의 껍질을 가진 환상적인 주문들. 그것을 오래도록 바라본다.

2014/01/16 17:52

달몰이

쌀이 익고 있다. 빨래가 다 되었다.

그러는 사이 조에 부스케의 《달몰이》를 주문해 놓았다. 부스케와 같은 시기를 보낸 이 중에는 비트겐슈타인과 트라클Trakl이 겹친다. 트라클은 1차 대전 와중에 모르핀 과다 투여로 사망했고, 부스케는 하반신이 마비되었고, 비트겐슈타인은 자신의 삶을 동양 선승의 그것처럼 단순 명료하게 만들고 언어 연구에 빠진다. 죽음과 외상과 내상이라는 공유 불가의 트라우마가 수놓인다. 트라클은 비트겐슈타인이 일가로부터 물려받은 재산을 헌납해 만든 예술가 후원 장학금에 의지하기도 한다. 그들의 동선은 그들도 모르는 사이에 묘하게 겹쳤을 것이고 서로의 삶에 생채기를 남기지 않는 한에서 서로가 내뿜는 대기를 공유했을 것이다.

월요일에는 두 시 반에서 아홉 시 반까지 수업을 듣는다. 이제 서서히 종강을 향해 가고 있다. 열한 시 반이 다 되어 집으로 오르는 언덕에 섰다. 차디찬 대기 속에서 별들이 평소보다 선명하게 다가왔다. 보름달 곁에서도 빛을 잃지 않고 이 땅의 불야성과 흐릿한 공기층을 뚫고도 선연하게 제 빛을 내뿜는 별들은 100년 전의 별들과 별반 다르지 않은 의미와 상징으로 읽힌다. 깨질 듯 명징하고 청명하게. 문득 이마가 달아올랐다.

다디단 잠을 원 없이 잤고, 아침부터는 또 글이다. 창을 모두 열어 차디찬 공기를 집 안 가득 들이고 있다. 일본 어디서 만든 커피에 두유를 섞은 이상한 '카페! -오! -레!' 한 잔. 무릎이 차다. 써야 할 잡글들이 많다. 당분간은 쓸거리를 멀리 두고, 읽을거리로 머리를 채워 두어야 한다. 몸을 채워 두어야 한다. 맬컴 라우리Malcolm Lowry의 소설과《한중록》을 번갈아 읽었다. 빨래를 널어 놓고, 나가자.

2011/12/13 12:22

취우 또는 취우

지난 유월 어이없는 의료 사고로 이모부를 떠나보낸 이모가 폐암 4기 진단을 받았다. 재래시장에서 파는 냉식혜를 사 들고 문병하러 다녀온 건 그제. 묵직한 기분이 땀처럼 달라붙어 끈적끈적하게 더러워지면서 떨어지지를 않았다. 덜어 내야 한다.

그래, 새벽엔 한강까지 걸어 나갔다. 캄캄했다. 새벽 4시 두 통의 부재중 전화. 먼 데가 희붐해질 무렵 일어섰다. 트

레일러 화장실로 앞서가던 여자가 악, 소리 지르며 뛰어나왔다. 나는 10m쯤 뒤에 있었다. 곧이어 어려 뵈는 남자와 여자가 손을 잡고 황급히 나왔다. 그렇고 그런 그림이 머릿속에 그려졌다. 삼부사우나에 들렀다. 샤워 부스 아래 몸을 적시며 서 있었다. 건너 건너에서 누가 다가왔다. 저기요, 샴푸가 남았는데 쓰실래요. 순간 당황했다. 신문을 읽었다. 정민 선생님이 다산의 미공개 서간들을 모아 책을 냈다는 기사. 안대회 선생이 유배지와 지식인에 관한 책을 냈다는 기사.

다시 걸으며 취우라는 단어를 곱씹었다.

'취우驟雨 : a sudden shower, 소나기 또는 지나는 폭우.'

'취우醉友 : a friend, drunken bastard, 엉망으로 취한 친구.'

내가 생각한 취우는 翠雨, 푸른 나뭇잎 끝자락에 매달린 빗방울.

취우의 어감을 씹으며 걷는데, 모리타 도지森田童子의 것이 분명한 알 수 없는 멜로디들이 혀끝에서 맴돌았다. 모리타는 스무 살이 되던 해 친구의 죽음을 목격하고 겪어 내며 음악을 만들기 시작한다. 모리타는 1983년, 서른한 살이 되던 해 돌연 음악계를 떠난다. 컴퓨터에 모리타의 음원은 6장, 무작

위로 반복. 모리타 도지는 내가 드물게 아름답다고 생각하는 여인상을 오라aura의 외피로 가지고 있다. 노력한다고 얻어지는 것이 아닌 여인상이다.

2011/08/27 12:25

구용과 인호

어제저녁엔 인호가 다녀갔다. 몇 시간을 후배와 시며 문학이며 삶이며 태도며 그런 무거운 주제들을 무겁지 않게 그러나 진지하게 나누었다. 어떤 공속감이 느껴졌다. 공존하고 있다는 그러한 느낌은 값지다. 그러한 느낌이 드는 순간은 점점 드물어 간다. 나달나달 헤어져 가는 정신과 내면으로 나날을 버텨 간다는 것은 나이 먹는다는 기분이겠다. 그것은 기분의 문제다. 힘 빼며 의미 부여할 필요는 없다. 인호에게 김구용의 《풍미》와 《뇌염》 두 권을 들려 보냈다. 6개월 전에 다녀갔을 때는 《논어》를 선물했다. 그 사이 《논어》를 모두 읽어 보았느냐고 묻기는 뭐해서 다른 책을 선물한 것. 하기야 나도 《논어》를 읽은 적은 없으니. 인호는 구용을 읽어 본 적이 없다고 했다. 별 놀라운 일은 아니다.

그러나 한편으로 생각하면, 한국 문학이라는 것이 스펙트럼이 다양해지는 반면, 사유는 얕아진다는 전조의 일단을 확인하는 씁쓸함도 있었다. 방법적 수월성을 얻은 대신 몸과 머리를 잃은 것이다. 아마 나 자신, 스스로 한몫하고 있겠다. 파노라마처럼 다양한 그림들이 깊이 없이 넓게 펼쳐지는 것은 아닐까? 그 때문에 어떤 깊이나 높이에 도달하는 선배나 후배를 보기는 점점 어려워진다. 앞으로는 더욱 그럴 것이다. 제 자신의 재능과 운과 자본과 평단의 협의에 힘입으며, 그러면서도 냉소주의에 빠지지 않고 자신의 문학이라는 대주제가 마련하는 주제적인 체험을 고난으로 기꺼이 받아들이며 이겨 나가는 장엄한 싸움. 지금 이 순간에도 누군가는 체험으로 마주하는 고난의 싸움을 자신의 삶 안으로 끌어들이며 악전고투를 벌이고 있을 것이다. 그는 나의 동지다. 그는 나의 스승이다.

구용의 〈소인〉이나 〈꿈의 이상〉과 같은 작품들은 구용이

1950년대를 넘어서는 한 방식을 예시하는 동시에 한국 시단의 형성기에 한 문인의 눈물겨운 선택과 악전고투의 사례일 것이다. 그 도저한 호흡은 어떤 비평의 상찬이나 힐난으로도 설명할 수 없는 의기와 힘의 주제를 품고 있다. 인호에게 구용을 선물한 것은 '힘을 품어 안으시라'는 당부였는지도 모르겠다. 우리는 1950년대 말 구용이 일단의 실험적인 장시들을 발표할 때의 풍경을 기억한다. 지리멸렬한 세대 논쟁이 있었고, 지겨운 주제론적 논쟁이 곧장 1960년대로 이어진다. 그 사이에 구용은 이해할 수 없는, 난해한, 무의미한, 넋두리에 가까운, 미친 시로 매도당하기도 했다. 2000년을 넘어오며 몇몇 눈 밝은 연구자들의 재평가가 있고, 구용의 모교 제자들의 각고가 있기 전까지 구용은 사장당했다고 해도 과언이 아닐 것이다.

비단 구용만일까. 이 순간에도 열에 여덟은 자신을 사장하고 있거나, 사장당하고 있다. 개중 몇은 정상 모리배와 같이 작동하는, 의지와 무관하게 협잡과 태업으로 일관하게 '되어버린' 문학장 안에서 하필이면 그런 문학장 안에서 알 수 없는, 답이 나오지 않는 전자기파를 뒤집어쓰고 있을 것이다.

《이옥 전집》을 읽고 있다. 석사 때 연구실에 꽂아 두고 잃어버린 안타까운 전집이다. 이번에는 도서관에서 빌려 읽는다.

무언가를 다짐해야만 할 시점에 읽는 책 가운데 하나다. 월요일 수업과 관련한 참고 도서를 읽었다. 김성칠 선생의 일기 《역사 앞에서》, 고은의 《1950년대》, 강홍규의 《관철동 시대》.

김성칠 선생의 일기는 한국전쟁의 와중을 기록하고 있다. 역사학자의 입장에서 큰 눈 뜨고 지켜보는 한국전쟁 르포와도 같은 일기에는 서슬 푸른 무엇인가가 살아 있어서 정신이 차게 돌아온다. 선생의 눈이 들여다보인다. 1951년, 선생은 아버지 제사를 모시러 가던 중 괴한의 총격에 죽는다. 이 시기의 기록은 《구용 일기》 또한 빼놓을 수 없는 역작이다. 일기 문학이라는 것이 어떠한 모양새여야 하는지 생각해 본다. 김성칠은 연암 박지원을 다섯 권에 걸쳐 번역하기도 했으니, 선생의 일기에는 연암의 말들이 자주 인용된다. 일기라고 써 놓으면 대부분 시가 되어 버리거나 써 놓고 블로그를 갈아엎으며 없애 버리는 내 이상한 습속에 대해서도 생각을 해보아야겠다. 그렇게 해서라도 끊임없이 무언가를 새로 시작하고 싶은 치졸한 욕구겠다.

침대 곁에는 장호 형이 읽으라고 빌려준 배인환의 《김구용 평전》이 있다. 《김구용 평전》은 소략한 추억담 수준에 머문 교우록이다. 이 얇은 기록 속에서도 구용의 풍모가 읽힌다. 언젠가 구용을 완독하는 날이 오겠지.

정신이 희미해지고 의기는 얄팍해지고 욕심만 남은 똥오줌 주머니로 전락하기 전에, 몇 권의 책을 더 써야 한다. 가족에게서 전화 한 통. 학교 선배에게서 전화 두 통. 통신사에서 전화 한 통. 생오이를 장에 찍어서 잡곡 현미밥에 두 끼, 김밥 두 줄로 한 끼를 먹었다. 서리태콩, 잔멸치볶음, 파래무침, 깻잎김치를 사 쟁여 놓았다. 대산에 쓴 글이 날아왔고, 원고료들은 모두 아직 입금되지 않고 있다. 9월 이후에 시 네 편 청탁을 받았고, 재고는 다섯 편이다. 사야 할 책들은 7권이고, 그중 네 권은 절판이다. 수업 때문에 《김지하 전집》을 사야 하는데, 과연 그것을 내 돈을 들여서 사 읽을 필요가 있을까 싶다. 《황토》, 《타는 목마름으로》, 《중심의 괴로움》은 낱권으로 수중에 있다. 오랜만에 돈을 주고 〈주간 한국〉과 〈시사 IN〉을 사서 보았다. 잠이 오지 않을 것 같다. 음악은 Flower Travellin' Band를 걸어 두었다. 내일은 서점 일대를 들렀다가, KOFA에서 〈사형대의 엘리베이터〉를 볼 생각이다.

2011/09/07 21:16

내 영혼은 샐러드를 너무 먹었나 봐

그럼 네 영혼은?

- 아프다

봄은 너무 진초록이었어

내 영혼은 샐러드를 너무 먹었나 봐

*- 장 타르디외*Jean Tardieu, *〈대화〉*

한 인간의 세계는 현실과 현장의 교집합만큼의 핵을 가진다. 세계의 임계치는 교집합의 최대치이다. 삶의 영역은 현실과 현장이 가까스로 만나는 공통분모 속에 펼쳐진다. 현장으로 현실을 견디며 무언가를 향해 가는 공동의 의지가 문학이 살아 내는 삶의 자리다. 이 때문에 현실과 현장이 겹치는 크기와 부피와 질량이 문학적인 삶의 주제가 되곤 한다. 사조나 이념을, 급진성과 안온함을 넘어서는 자리에서 어떤 시도 이 주제의 물음을 벗어나지 않는다.

이렇게 말할 수도 있다. 세계는 삶의 여집합으로서 의미 없는 무한대가 될 수 있고, 삶의 공집합으로서 초월적인 월경의 영역일 수 있다. 시는 가치를 제 안에 혹은 밖에 두고 발생하지 않는다. 현장과 현실이 겹칠 때 그 자리에서 열리는 시의 삶이란, 시인 개인에게는 주제적인 무게를 넘어서는 차원이 될 것이다. 알지 못해서 바꿀 수 없고, 알 수가 없어서 시도할 수 없는 것.

한 편의 시는 '시라는 바로 그것'으로 저 자신을 선택하기까지, 시는 물론 시인에게 퍽 그럴싸한 당위와 명분 아니면 핑곗거리를 부여하지 않을 수 없게 몰아간다. 훌륭한 유머는 이런 의미에서 깊이를 증명하는 사례가 되곤 한다.

시의 세계도 다른 세계와 마찬가지로 현실적인 세계이며 현장이다. 그 현실과 현장을 분리해서 살아 내야 하므로 시인은 힘에 부치는 것이리라. 현실만으로 시의 앞길을 비출 수 없고, 현장만으로 시의 요구를 들어줄 수 없기에 시인은 늘 숨이 차다. 현실 저 너머에서 자신의 가능성을 발견하고, 현장의 밑바닥까지 내려가 생채기를 덧내야 하기에 시인은 늘 긁어 부스럼 덩어리다.

시의 세계에도 갈등, 질투, 실망, 야망, 존경, 사기, 나약함, 인정, 투쟁, 기억, 재편, 타락, 존중, 그 밖에 여러 가지 가혹한 현실들이 존재한다. 잭 길버트Jack Gilbert는 말했다. "그러나 나는 이런 현실은 수녀원에도 있다고 생각한다." 그런 세계는 산사에도 있고, 암자에도 있고, 독도 수비대의 침낭 속에도 있다.

우리는 늘 가혹한 현실을 지워 줄 단어를 희구한다. 현실의 반대말을 떠올린다. 현장의 대척점을 그려 본다. 순간, 시는 적힌다. 시는 시인 자신을 거울로 하는 제1의 대척점과 맞서는 데서 시작된다. 시는 시인이 넘어서야 하는 계기와 인정과 인간과 평가를 거울로 하는 제2의 대척점과 맞서는 데서 시작된다. 시는 시인 자신이 사유하는 시라는 관념을 거울로 하는 제3의 대척점과 맞설 때 자신도 모를 현장의 지도를 펼쳐 보인다.

자신의 내면과 싸우면서 기억을 재편하는 첫 번째 싸움, 넘어설 수 없는 타자를 찾아 맞서고 종내에는 자신의 짝패로 만드는 두 번째 싸움은 시 쓰기의 시작과 끝을 견인한다. 시를 둘러싼 인정투쟁이 숭고한 이유는 세 번째 싸움에 있다. 마지막 싸움 속에는 시인 자신이 알몸으로 시 그 자체와 벌이는 인정투쟁이 있기 때문이다. 시는 시인을 인정의 주제로 여기지 않는다. 시인의 싸움도 시를 인정의 주제로 여기지 않는다. 그러나 반드시 시와 시인 간에는 인정을 계기로 한 싸움이 있어야 한다. 싸움 속에서 시는 성격과 문체 면에서 본질적인 변화를 겪으며, 변화를 쓰는 자의 기억을 재편하기 때문이다.

이러한 이유로 순간순간 시인이 바로 시의 본질이다. 이러한 이유로 시인은 비시적인 방식으로 세계에 존재해야 한다. 지극히 일상적인 방식으로. 무미건조한 현장이 시의 본질을 재규정한다. 무미건조한 현실 속에서 한 발짝도 뗄 수 없을 때 비로소 시는 쓰인다. 그렇다면 시의 본질인 시인은 지금 어디에서 시를 쓰고 있는가. 지금 어디에서 삶을 살고 있는가. 우리는 영원히 시인을 발견할 수 없다. 시적 인식론의 아이러니는 바로 여기 있다.

2012/05/03 08:40

멧비둘기, 이름은 알레호 카르팡티에

깨질 것처럼 유일하고 독특한 불. "네 안의 프네우마pneuma를 찾아라, 손을 비비며 기구하는 네 하늘에 있는 신은 영원불멸의 인간이다. 너는 땅에 살고 죽음을 면할 수 있는 신이다."라고 써 놓았는데, 이것이 알레호 카르팡티에Alejo Carpentier의 것인지 이사크 바벨Isaak Babel의 것인지 기억이 나지 않는다. 프네우마라고 발음해 본다. 이즈음 새벽마다 또 저녁나절마다 창 앞에 앉았다가 가는 멧비둘기를 본다. 눈길은 어느새 콘크리트 마당을 앉은뱅이걸음으로 건넌다. 나무둥치에 기대어 앉는다. 수피樹皮에 이마를 문지르며, 한참을 올려다보고는 한다. 멧비둘기 꽁지는 크다. 활짝 펼치고 있다. 날아갈 때면 꽁지를 가슴께로 힘껏 당겼다가 다시 반대편 등허리께로 편다. 잠시, 등허리는 U 자로 팽팽하게 굽는다. 날개는 활짝 편 채로.

잣나무 뾰족한 잎 사이로 멧비둘기가 정지한다. 그러면 나는 잠깐 눈물이 날 것 같기도 하다. 왜인지 모르게 말이다. 누군가가 아마도 나의 잃어버린 프네우마를 나에게 불어 주기를 바라는 것인지도 모르겠다. 정수리로 스며서 나의 의미를 잠깐이라도 누벼 주었으면 하는 마음이 간절해지는 것이다. 멧비둘기의 활짝 편 꽁지와 날개가 그렇게 말하는 것만 같으니까. 이를테면 최근에 내가 아주 잃어버린 대명사형 비인칭들. 형, 누나, 동생, 부모 이런 단어들. 도무지 그런 단어들을 쓸 수가 없게 되어 버려서 눈알에 유리를 박아 넣고 싶게. 하물며 선생에 선배에 제자라니. 치밀한 가식과 유치찬란한 아집. (그것들 다 죽이고 제주도에 가서 살고 싶다는 생각이 처음으로 들었다. 준비를 좀 하면 저 내년쯤에는 가능할 것도 같다. 제주도라니. 제주도라고 생각하는 것을 보니 무언가가 흐트러지다가 다시 조여지는 일상인 게지.)

스무 살까지 살던 고향 집 처마를 횡선으로 날던 제비 가족이 겹친다. 멧비둘기의 꼬리는 제비의 그것에 비하면 크고 묵직하고, 또 날렵한 자연의 감각을 선사하지만. 제비와 멧비둘기의 꽁지에 죽은 할아버지들이 겹친다. 그들을 염습할 때 나는 곁에서 손을 모으고 눈을 크게 뜨고 지켜보았다. 그것이 예의이고 의무라니까, 애틋해서 오히려 잔인한. 증조부의 쪼그라든 불알. 조부의 아파서 불어 버린 불알. 작은할아버지의 숨어 버린 불알. 그것들이 멧비둘기의 꽁지 날개를 보는 아침에 난데없이 떠올랐다.

밤이면 어떤 귀신을 보는데 사진으로 찍으니 찍히지 않는다. 몸이 안 좋은지 가끔 몽유夢遊한다. 한 번 믿을 수 없는 자는 영원히 믿을 수 없는 거다. 나, 나쁜 믿음. 보름 전엔 보일러실 문을 잡고 잠을 깬다. 누군가 아주 친근한 이가 나를 부르는 소리를 꿈결에 들었던 기억이 아주 선명하다. 맨발로 마당귀에서 잠을 깼다. 아무래도 나는 내 삶을 위해 정립 반응과 반정립 반응을 일삼아 연습하는 것인지도 모른다. 없는 삶으로. 보리와 옥수수와 함초와 감초를 우려낸 물을 말아 쥐고 마당에 앉아 멧비둘기를 올려다보며 생각한다. 공기가 차게 스미는 것이 이런 날이면 담배를 다시 피워 봄 직하겠다.

알레호 카르팡티에. 왜 이런 이름이 난데없이 생각나는지 모르겠다. 담배 연기 같은 이름. 사람의 목젖은 나비 모양이다. 파닥파닥, 어떻게든지 헤어나겠지. 어떻게 헤어났는지 도무지 몰라도 나 스스로 마련한 간편하고 삿된 수단은 기억에 남겠지. 조금 쉬자.

2011/09/21 11:17

언젠가 멈춘 자

장례는 끝났다. 부의 봉투는 잇속에 맞게 형제들 주머니로 들어갔다. 그는 내내 취했다. 그는 지쳤다. 그는 들린 채로 오솔길로 걸어 들었다. 베잠방이에 피가 배어 나오는 줄도 모르고 기었다. 귀신은 오솔길을 따라 들린 자를 끌고 가는 수가 많았다. 귀신은 기운을 북돋워 줄 마음이 없나 보다.

그는 신神에 들려 끌려가면서 봉분에 다가섰다. 그는 눈이 활짝 트인다. 그는 봉분이 뭉개진 무덤에 누웠다. 그는 술병을 던지면서 조금 더 취했고, 술 맡은 힘으로 등짝을 곧게 펴서 흙바닥에 뒹굴었고, 먼 길을 되짚어 온 고단함으로 봉분을 뭉개 놓았듯이 제 삶을 뭉개 놓았고, 제 싸지른 삶의 봉분에 나머지 자식들을 잡초와 번시로 키웠다. 제가 이끌려 가는 힘과 제가 이끌고 가는 힘, 제가 받드는 정성과 제가 들린 귀신 사이에 끼어서 그도 곧 죽을 것이었다. 귀신이 돌아가고 그는 무엇인가에 쓰인 채로 들려 살다가 삶을 놓았다. 귀신은 내 증조할아버지다. 때로 귀신은 맞춤한 형식이 되어 남은 인간의 삶이라는 재료를 불사른다.

그는 예순을 갓 넘기고 죽었다. 젊어서는 사당패를 따라 돌며 '소리'를 배웠다. 남도를 크게 한 바퀴 돌다 우연히 고향 근처에 들렀다. 타관에 드니 드세던 소리가, 고향 수챗구멍으로 영영 빠져나가는 것이 그는 고향 집에서 난생처음 귀신에 붙들렸다. 땅귀신이 소리를 잡아먹는 통에 그는 북채를 던지고 주저앉았다.

그는 농사에 젬병이었다. 형들은 부지런했고, 아버지는 장사였고, 집안은 땅뙈기조차 없었다. 그는 게을렀고 작았다. 두드리면 흙이 툭툭 부서지는 흙벽 초가 움막에 자식 여섯을 낳아 길렀다. 딸 둘 아들 하나, 딸 둘 아들 하나. 첫째 딸은 광주 운암동 봉제 공장에, 둘째 딸은 부산 사상의 신발 공장에 갔다. 셋째 아들은 읍내의 농업고등학교에 보냈다. 넷째 딸은 버러지고, 다섯째 딸은 벙어리고, 여섯째 아들은 빙충이다. 곁에 둔 자식들이 멀쩡하지를 않으니 그는 무기력해졌고, 그의 아내는 더욱 성말랐다.

멀쩡한 아이 셋을 거울 저편으로 보내고, 병신 아이 셋을 거울 이쪽에서 붙안고 있는 형국이 그의 삶이었다. 자유롭게 다치지 않고 반짝이는 이쪽 면에 허물어지는 웃음이 고인다면, 나무틀을 뒤집은 반대쪽에는 양잿물에 역청을 칠해 바른 붉고 우툴두툴한 벽이다. 뇌성마비, 그는 자식들이 안쓰러운 만큼 자신이 부끄러웠다. 그는 자식들을 죽이고 싶을 때 문득 자신의 삶이 절실했다. 혈족은 차라리 풀 수 없고 엮을 수 없는 이끼였다. '장애'라는 말이 '죄'라는 말과 통하던 시절이었다. '장애'라는 말이 넘지 말아야 할 선을 넘은 운명의 '욕심'과 같은 의미로 읽히던 시절이었다.

밑이 트인 내복을 입고 광에 딸린 곁방에서 버러지 자식들은 될 수 있으면 갇혀 지냈다. 볕 좋은 날이면 마당가 장독대 너머 평상에서 해바라기를 했다. 조개며 소라 껍데기 배를 타고 건너는 채송화 검은 고깔모자 씨를 터트리거나, 9월 가을볕에 덜 익은 밀감을 열 손가락으로 꾹꾹 누르거나, 무릎에 괸 턱을 가늘게 떨며 맑은 침을 발가락까지 흘리며…….

흐르는 침으로 턱에서 목이며 배꼽까지 하얗고 붉게 반질거리는 습진 흉이었다. 하얀 석고상에 부어 놓은 요구르트처럼 웃으며, 버러지 자식들은 내내 조용한 성정이어서 무탈한 분노가 그의 죽음까지 이어졌다. 뇌성마비를 앓던 당고모 둘과 당숙, 그들의 아버지 '그'는 내 막내 할아버지다.

1985년 가을, 막내 당숙이 집을 나갔다. 뒤곁 대나무밭을 헤맸다. 구멍 난 속옷을 띠처럼 골반에 걸치고 밭을 헤집고 장독 몇을 깨고 담을 넘었다. 남들이 모자란 정신이라고 병든 몸이라고 말하는 저를 끌고 다니면서, 아마도 당숙은 처음으로 손상당하지 않은 채로 뻗어 가는 자유를 '매만졌던' 것이리라. 찢어진 발바닥을 하고는 동네서 제일 꼭대기 바위 아래 있는 기와집에 들었다. 대나무 뿌리를 부여잡고 기어 내려 마당 곁 돼지우리로 들어갔다. 이장은 공비라도 쳐들어온 양 불이라도 난 양 방송을 해 대고, 온 집안 식구들이 당숙을 찾아 헤맬 때, 하필이면 내가 당숙을 처음 발견했다. 그 집에 내가 좋아하던 여자아이가 살았다.

당숙은 벗은 몸으로 발간 새끼 돼지를 안은 채로 우리를 나뒹굴었다. 얕은 벽돌담 너머 돌구유에 썩은 상추며 짚이며 밥찌끼며 구정물이 넘치고 하얀 암모니아 가스가 피는 사이,

검은 돼지 똥과 범벅이 된 짚단을 헤집는 돼지 발굽의 갈라진 틈으로 춤추며 피어오르는 고체-덩어리의 역한 냄새, 그 젖비린내 살 썩는 내, 터럭 타는 내를 맡으며 성난 돼지는 당숙을 밟고 돼지우리에 걸어 놓은 나무 기둥을 들이받고 물어뜯으며 날뛰는데, 투둑 투둑 벽이 울릴 때마다 썹다 뱉은 칡뿌리처럼 썩은 나무와 못 조각과 콘크리트가 부서져 내렸다.

등 뒤에서 '동옥아' 부르짖는 여자아이의 고함이 들렸다. 돼지우리와 여자아이의 눈길 가운데 영원히 갇혀서 나는 굳었다. 젖은 비명을 속으로 삼켰다. 붙박인 내 안에 그림자가 드리우는가 싶더니 눈길이 닫는 곳이면 어디나 잠깐 반짝이는 빛이 머물렀고 곧 사위는 것만 같았다. 귀신을 보았던가, 나는 내 안에 있는 무엇인가를 밖으로 꺼내서 세워 놓은 것만 같은 울부짖음을 읽은 거다.

나는 뒤돌아서 뛰었다. 솟을대문을 젖히고 가파른 내리막을 달렸다. 발바닥이 닫는 곳마다 먼지가 뜨겁게 일어 날렸다. 고개를 떨구자 모욕에 발등이 뜨겁게 달아올랐다. 어느 순간에 인간은 스스로 하나의 세계가 될 수 있다는 것을 눈치챈 것일까. 내게서 비롯되어 내게로 돌아오는 모멸과 환희. 그날 내가 굳어 선 그 '사이' 황토 마당에서 이는 뜨거운 먼지에 온몸이 타 버릴 것만 같았던 느꺼운 절박함.

어쩌면 그날 이후 나를 둘러싼 것들과 하나이기를 포기한 것일까. 집과 대문과 좋아하는 꽃과 두려워하는 골목과 싸워 이기지 못한 친구와 다 읽지 못한 위인전과 계이름을 모두 외운 노래……와 하나이기를 중단했다. 내 모든 것이었던 나의 세계를 애써 발악하지 않아도 내 밖에 꺼내 세워 둘 수 있는 '이상한 능력'이 생긴 것이다.

나만의 이름으로 '세계'라는 동구 밖을 오롯이 들여다보며, 다시 '세계'라는 동구 밖에 한사코 나를 버려둔 채로 세워 놓고야 마는 습관으로, 나의 동구 밖을 내 안에 나타나게 한 것은 아닐까? 내 눈길이 닿는 곳에서 흐트러지며 부서지는 광선과 소리와 파장을 느끼며, 온몸이 타 버릴 것만 같이 여태 여기에 서 있는 것은 아닐까? 언젠가 돼지우리에 나뒹구는 뇌성마비와 쪽창으로 쏘아보는 낯선 아름다움-공포 사이에서, 문득, 우뚝 멈춰 선 자가 되어, 여태 쓰고 있는 것은 아닐까?

2012/10/31 00:56

화이트 노이즈

오늘부터는 아무것도 기억하고 싶지 않아요

첫 번째 빗방울 / 하얀 목소리

오늘부터는 아무것도 기억하고 싶지 않다네

첫 번째 빗방울 / 하얀 목소리

오늘부터는 아무것도 기억하고 싶지 않습니다

첫 번째 빗방울 / 하얀 목소리

오늘부터는 아무것도 기억하고 싶지 않다

첫 번째 빗방울 / 하얀 목소리

오늘은 아무것도 기억하고 싶지 않았죠.

2010/06/18 02:33

고통의 내부

경험은 고통이고, 이야기는 종이에 불과했다. 결국 인간은 서로의 내부에 기생하는 동물이다. 결코 다른 동물의 내부에 있지 않은 동물을 상상할 수 없다. 자신의 내부만을 돌보는 이가 일컬어 말하기를 "이것이 시다."라고 한다. 먹잘 것 없이 부풀어 오를 대로 부푼 내면이, 그 환상이, 환각이 질서정연하다고 말한다.

다만 멸종과 몰락은 맹렬하고 적극적이고 전폭적일 뿐이다. 절식은 전격적이다. 외부에 선천적으로 주어진 자아는 없다. 외적 자아를 인식하며 의심하기. 물렁물렁한 가죽에 우아함을 가장한 우윳빛 얼굴로. 외재하는 자아가 있다는 말을 감각하지 못하는 자, 교훈을 싫어하면서도 한사코 가르치려 드는 자, 그는 결코 다른 동물의 내부에 속하지 않은 존재에 대해 묻지 않을 것이다.

서로의 몸을 숙주로 삼아 돌이킬 수 없는 교환의 총알을 발사하는 인간은 결국 그가 먹어 치운 짐승과 벌레와 공기 내부에 살고 있기 때문이다. 인간은 그가 먹은 것 내부에 존재한다. 벗어날 수 없는 내부를 상상하기, 그 내부를 둘러싼 커다란 유리막과 같은 소화 기관을 상상하기. 기식을 전폐한 아이가 젖을 열고 들어가서 잔다. 거기가 방이다. 염소가 보드라운 민들레를 씹는다. 그것은 염소의 제4위장을 덥힌다. 벽은 신들의 성막이어서, 콜걸이 젖과 꿀을 문지르고 등을 기댄다.

음부가 달아오른다.
내부가 발기한다.
벗어날 수 없는 내부를 상상하기.

2014/06/11 14:31

백색 소음을 듣는 법

시는 초과와 결핍 사이를 오간다. 자기 삭제와 자기 구축의 열망 사이에서 시는 이동성을 가진다. 어떤 사람은 그와 같은 길을 오가는 데서 비애를 느끼는 것 같다. 사랑하고 증오하고 속삭이고 저주하는 목소리들. 화이트 노이즈. 만델슈탐은 시인은 고주파의 화이트 노이즈를 듣는 자라고 말했다. 비유가 아니라 실제로, 물리적으로 그렇다는 말이다. 위이잉, 찌이잉, 지지직거리는 소리를 종일 듣고 있다는 말이다. 살아 있는 것들 속에서 살아가는 것들의 진동을 느낀다는 말이겠다. 박동하고 있다는 말일 수도 있다. 무언가 움직이고 있다. 뛰고 있다. 사랑하고 증오하고 속삭이고 저주하는 박농은 가청 영역 바깥에 있기 때문이다. 가끔 그런 생각을 하며 노트에 이렇게 적기도 한다.

"오늘은 아무것도 듣고 싶지 않았죠. 첫 번째 빗방울. 하얀 목소리."

새벽엔 비가 내렸다. 그 '첫 번째 빗방울. 하얀 목소리.' 이곳에서는 아무도 시체를 매장하지 않는 것만 같다. 아무도 죽어 나갈 수 없도록 붙들어 두기 위해서 그런다. 아침이면 사람으로 가득 찬 지하철에 실려서 학교에 오고, 저녁이면 다시 사람으로 가득 찬 지하철에 실려서 집으로 돌아간다. 백화점 화장실에서 입안을 헹군 다음 손을 씻고 대문 문고리를 잡아당기기 전에 다시 한 번 바짓단에 손등을 스윽 문질러 닦는다. 노랗게 무두질한 것만 같은 가죽 손등으로 물건을 사고 되팔고 이율을 계산하고 이자에 세금을 붙이며, 나는 가끔 자본주의가 강요하는 '중독된 수치심'을 어루만진다. 시는 그런 방식으로 초과를 향해 나아간다. 무언가 과잉되어 들끓는데, 그것이 단지 나의 마음만은 아니라는 것은 크나큰 문제이고 숙제인 셈이다. 모든 이들은 자신만의 눈과 음악과 달을 갖고 있는데.

19세기에는 구걸하며 노래를 부르고 기도하는 거지의 무리가 있었고, 그들은 신들려 있었다. 거지가 예언과 치유의 능력을 가지고 있었다는 말. 여기서 비유는 시작된다. 바로 아득한 한 시절의 자존감에 대한 알레고리 말이다. 어쩌면 낭만주의와 자유주의의 공통점은 그 '눈먼 입'들의 예언적인 치유력에 있을지도 모른다. 그 도저한 개인주의의 계기들 말이다. 멍청해서 불가능해 보이는, 아니 불가능해 보일 정도로 멍청해서 완전한 무정부 상태를 희구하는 신념. 그러한 신념을 조장하는 박석 같은 에고이즘이 하늘에 떠가는 구름을 보고 있다. 여기에는 무시무시한 책임이 뒤따른다. 무슨 일이 있어도 그러한 자기를 놓지 않고 끌어안고 있어야 한다는 의지.

결국, 낭만주의는 의지의 문제다. 역설적이게 이 시대의 낭만주의는 말 그대로의 '소박함'을 품 넓은 태도로 끌어안아야 한다. 저 아이러니스트들의 부정과 불가지론자들의 회의와 상대주의자들의 냉소를 빠져나갈 틈새는 여기에 있다. 바로 소박한 단단함.

나는 가끔 시를 완성하고 나서 그 여운에서 빠져나오지 못한다. 잘된 시건 못된 시건, 완료된 시건 지지부진 뭉개진 시건. 여운들 사이에 빈말을 잔뜩 부려 놓고 빠져나온 것만 같아 울적할 때도 있다. 어렸을 때는 심지어 자살 충동을 느낀 적도 있다. 그 아득한 적막함과 여운 속에서 죽지 않으면 빠져나올 수 없을 성싶었기 때문에. 어떤 날에는 세상의 모든 시집을 읽은 기분이 들기도 하는데, 세상에 존재하는 모든 생물의 수만큼 다양하고 아기자기하고 깊고 도저하고 엉망진창으로 각자가 된 그들 각자의 책갈피를 훑은 기분이 들기 때문이다. 그런 날에는 무엇이 되었든 하나의 취향을 타깃으로 삼아서 깔아뭉개고 무시하고픈 충동이 생기기도 한다. 초과와 결핍 사이에 허방 하나를 부리고 싶어지는 거다. 그것이 나를 죽이는 일인지, 그들을 죽이는 일인지, 시를 죽이는 일인지, 삶을 뭉그적뭉그적 제쳐 두는 일인지는 오랜 시간이 지나 봐야 알 일이지만.

그건 아무튼 부드러운 충동이다. 그건 아무튼 삶을 향해 있고 말이다. 오래 걷는 일과 가만 앉아 있는 일 사이에 집이 있다. 그 집을 사야겠다는 생각을 태어나서 처음으로 해본다. 마당이 하나 있으면 좋겠다. 뒤곁에는 가짜 굴뚝도 하나 있으면 좋겠고, 대문 옆에서는 가을무며 봄동이 폭설에 누렇게 얼어서 녹아 가고 있는 거다. 망상이다. 1월에는 이런 저런 글을 많이 썼다. 거기에는 이런 망상들이 들어가지 않았을 것이다. 조금 날렵하다면 날렵하게 여기서 저기로, 저기서 여기로 옮아가는 데 익숙해지고 있다는 것인데. 조금만 더 무감해지면 좋겠다는 생각. 잠자리에 누우면 어디서 귀뚜라미며 풀벌레 우는 소리와 날벌레가 지분거리는 소리며 박쥐 떼가 동굴 벽에 날개를 치는 고주파 저주파의 '신음'들이 줄곧 들린다. 병은 아니다.

만델슈탐이 말한 화이트 노이즈를 나도 가지고 있다는 말인데. 무언가를 쓰지 않으면 답답한 마음, 쓰고 나서는 기갈이 들리는 절망감, 이런 감정들의 선순환적인 충동들. 부드러운 충동 속에서 점점 더 '아이 같은 질문', '첫 궁금증' 쪽으로 시선을 돌리게 된다. 언젠가 내가 처음으로 품었던 궁금증들의 실마리가 더욱 공고한 뿌리가 되어 실타래를 늘어뜨리고 있는 거다. 샛길 끝에 샘이 있고 샘을 돌아 나가면 큰길이 있고, 큰길 곁에는 대처로 나가는 차편이 있다. 거기 가면 내가 알려고 했던 것을 향해 더욱 육박해 들어가게 되겠고, 그런 물음의 끝에 대해서 나는 또 이렇게 썼다. "나는 가끔 아내의 살림을 주제로 한 시를 쓴다. 맹렬하게도 써 재껴 왔는데…… 무얼까? 결국, 아무짝에도 쓸모없는 것을 모르게 되었구나."

결국, 아무짝에도 쓸모가 없는 것을 모르게 되었구나. 언젠가 이 일기들은 모여서 한 권의 책이 될 수도 있겠지. "결국, 아무짝에도 쓸모가 없는 것을 모르게 되었구나."라는 긴 제목을 단 시 일기 말이다. 어쩌면 이 말은 미리 쓰는 내 묘비명일지도 모른다. 묘비명을 미리 생각한다는 것은 자서를 미리 생각하는 시인의 마음과 같은 것이어서, 아직은 여유가 있다는 방증이다. 서 선생님은 이런 나를 물끄러미 바라보고는 "그래, 아직은 여유가 있구나." 하신다. 함께 산다는 것, 여유를 가진다는 것, 여유에서 끈덕진 고집을 끌어낸다는 것. 생각은 끝도 없겠지. 없겠지만 말이다.

2014/01/28 13:22

순수와 긍정의 애매한 근사치

긍정과 자존이 양날의 칼처럼 자신을 벼리는 순간이 있다. 긍정의 안과 밖은 '인간이라는 이름'의 한갓된 욕심에 불과하다. 몸뚱이와 아집, 살집과 아만, 자기를 벼리는 정동affect과 욕동drive. 인간성의 체험, 순수의 감상, 느낌과 관찰과 모든 변형의 결과로 주어지는 익숙함.

나는 당신을 온몸으로 긍정한다. 당신은 나의 긍정 속에 '당신'이라는 이름으로 가까스로 규정된다. 당신을 향한 내 뼈저린 피눈물의 긍정은 당신과 나의 관계 속에 비로소 긍정적인 개념 규정으로 존립하지만, 모든 긍정과 긍정을 통한 자기 규정은 애매한 근사치에 머물 뿐이다. 긍정 속에 당신은 애매한 근사치에서 내 안에 사리하고, 당신은 애매한 근사치로 가까스로 내게 육박해서 나라는 이름 근처에 도달할 뿐이다.

가까스로, 애매하게, 근사치 안에서. 더구나 우리는 판단의 영역에서 서로를 '우리가 서로에게 바랐던 그곳 그 지경' 어딘가로 수렴하려고 손을 맞잡는 것인지도 모른다. 미추와 진위와 진선에 대한 감각 이전에, 서로가 머물고 뿌리내린 자리에 대한 관계 구조에 대한 기능적인 고려 이전에, 이미 한 인간으로서 우리는 서로에 대한 모든 평가적, 윤리적, 도덕적, 이성적 판단을 모호한 근사치의 터전에 가까스로 갈무리하려고 피가 스미는 무릎걸음으로 서로를 향해 긴다.

당신은 나에 대한 모호한 근사치 안에서 가까스로 나를 만진다. 당신은 나라는 애매한 근사치에 다가서고 고착하고 짓이기고 움켜쥐고 치켜세우고, 우리는 이미 많은 것을 안다고 착각하며 서로의 잉여를 꿈꾼다. 당신이 '나라는 피와 뼈의 창고'에 도달했을 때, 그곳에는 당신이 규정할 수 없었던, 규정하고 알려고 하지 않았고 그럴 꿈도 꾸지 못했던 잉여가, 그 작은 먼지와도 같은 껍데기가 아우라가 찌꺼기가 오히려 굳건하게 '당신과 나라는 인간의 이름'을 진정으로 규정할 때가 많았다.

당신과 나는 서로가 사랑으로 꿈꾸었던 그 피눈물 나는 서로-긍정의 애매한 근사치 너머, 이전, 바깥에 누구도 알 수 없고 볼 수 없고 꿈꿀 수조차 없는 잉여가 되어 서로를 벗어난다. 관여하지 않는 명징함으로 당신은 내게 흐르고 당신은 스미지 않고 당신은 끊임없이 야위며 풍성한 틈을 살아내기 위해 '우리 서로라는 거짓 하나'에서 멀어져 가고 이윽고 피와 뼈를 살라 응결하는 잉여의 속내를 열없이 녹여 삼키고 비어 가는 몸으로 당신은 나를 나는 당신을 관통할 때 서로를 우리고 삼키고 꼽고 박고 심고 멈추며 날아오르는 애매한 근사치의 잉여. 당신이 나를 온몸으로 긍정하고도 모자란 100% 근사치의 애매함. 서로에 대한 긍정을 포기하고 나서야 가까스로 모습을 드러내는 빈틈, 그 근사치 너머에 실재하는 잉여의 상상.

당신의 결연한 양심이 당신 자신을 무릎 꿇리고, 당신의 가없는 사랑이 당신의 삶에 치정의 꽃을 피우고. 잉여의 타인이 되어야만 서로에게 완벽할 수 있는 이 비규정성과 불가능성과 불합치의 순환 고리 안에서, 앎은 사랑을 빠져나갔다. 당신은 나를 얼마만큼 아는가? 나는 당신을 얼마만큼 이해한다고 말할 수 있는가? 당신과 나는 서로에 대한 모든 판단을 비정상의 윤리에 기댄 것만 같다. 잉여로 완벽을 알았고 불구로 서로를 껴안은 한순간 당신은 한사코 완벽했다. 불붙은 순수, 더러운 슬픔으로.

> *"우리가 살아가는 가운데, 그 사람의 순수함을 생각하면 자신의 초라함을 뼈저리게 느끼게 되는 누군가를 만나는 일이 이따금 있다."*
>
> \- 엔도 슈사쿠遠藤周作, 《예수의 생애》

2013/10/07 02:01

우羽화化의 꿈

밤에 제대로 잠들지 못하는 사람은 많든 적든 죄를 저지르고 있다.

그런 사람들은 무엇을 하는가. 밤을 존재시키고 있다.

- 모리스 블랑쇼Maurice Blanchot,
안토니오 타부키Antonio Tabucchi, 《인도 야상곡》 재인용

밤을 존재시키는 것이 죄악이라는 것은 일종의 유머고, 의

미 생산의 아이러니에 대해 말하고 있다. 무의미를 생산하는 영역에 존재하는 것. 일상은 망각이고 기다림이 없는 영역이기 때문이다. 밤을 존재시킨다는 말, 이때 이 말을 통해 우리는 밤과 낮의 이분법을 넘어선다. 하루에 3시간을 집중해 시를 생각하는 이랄지, 산문 20매를 쓰는 이랄지, 경전 한 장을 읽는 이가 자신의 밤을 백 일 이상 이어 간다면……. 그는 술을 먹는 시간, 친구를 만나는 시간은 곧 잊어버리게 된다. 그것이 밤의 유폐다. 유폐 속에는 다시 기다림이 없다. 백 일이 되기 전에 굴 밖으로 나올 수 있게끔 인간의 세포는 조직되어 있는가.

당신은 성마른 호랑이고 채식을 즐긴다.

2012/06/19 03:08

내가 쓸 수 없는 것

새벽에는 꿈에 다시 결혼식을 올렸다. 숭실고 곁에 살던 일 년 전으로 돌아간다. 결혼식에 축가로 〈바람이 불어오는 곳〉을 불러 주려고 기타 학원에 다니고 있다. 두 달 정도 눈을 감고 칠 수 있을 정도로 연습한다. 종로 한복판으로 기타를 들고 나간다. 사람들 앞에 서서 〈바람이 불어오는 곳〉을 스무 번 정도 부른다. 그렇게 두 달 동안 안산으로 가는 4호선 지하철 안에서, 강의실 안에서, 대학 노천극장에서, 북한산 언덕에서, 광장시장 복판에서…… 노래를 부른다.

"저는 다음 주면 결혼을 합니다. 이 노래를 아내에게 들려주려고 연습을 했습니다. 제가 사람들 앞에 서면 공황증이 생겨서 식은땀을 비 오듯 흘리고 몸을 보릿대처럼 떨어 댑니다. 제가 떨지 않고 노래를 부를 수 있도록 도와주세요." 낯모를 사람들 틈에서 연주를 할 때마다 양해의 인사를 붙인다.

결혼식이 시작된다. 나는 기타 멜빵을 골반 부근에 걸쳐 매듭을 짓는다. 하객들을 한 번 보고, 내 등 뒤로는 지난 4달의 연습 장면이 편집되어 재생되고 있다. 지하철에서, 강의실에서, 탑골에서, 남산에서, 광장시장에서 인사를 하는 동영상 앞에 선다. "바람이 불어오는 곳, 그곳으로 가네……." 노래를 시작한다. 온몸을 사시나무 떨듯 떨며, 더운 땀을 흘리며, 안절부절못하며, 모기처럼 기어들어 가는 목소리로 심한 떨림음을 섞어 가며 부른다. 꿈속에서 아내의 표정은 어땠을까?

나는 잠에서 깼다. 한 시간쯤 이불을 뒤집어쓴 그대로 누워 있었다. 눈이 조금 따가운 것이 꿈에 운 것 같았다. 아내가 출근하고 나서 나는 집에 남아 녹취를 9시간 동안 풀고 논문을 3시간 동안 퇴고한다. 밥 먹는 것도 잊어버리고는, 이러다가 픽 쓰러지는 것은 아닌가 싶었다. 싶어서 아내가 어제 볶아 놓은 오리고기두루치기 양푼에 밥을 비벼서 걸신들린 것처럼 들이마셨다. 주황색 기름장이 묻은 번들번들한 입술을 하고는…… 하루가 간다. 번들번들한 기름장을 묻힌 주황색 양념장을 바른 하루가.

꿈에 〈너의 이름은 손아귀 속에서 눈뜨는 작은 새〉라는 시를 썼다. 자정이 지난 이제야 생각난다. 〈너의 이름은 손아귀 속의 새〉는 츠베타예바Tsvetaeva의 시 제목이고 시 구절이지. 하루를 마치면 나보코프Nabokov의 시를 읽으며 이소벨 캠벨Isobel Campbell을 들으리라 생각했더랬다.

2014/02/25 07:48

당신의 서정시는 도달하겠지요, 도달하십시오

선배 시인과 통화했다. 선배는 13년 전에도 "비트겐슈타인이 사다리를 팍 차 버리면 말이지……."라는 투로 말하셨고, 오늘도 그렇게 말하셨다. 선배의 맥락은 아마도 언어와 지식과 지시체의 불일치를 말하고 있는 것일 테다. 지시체와 실재 사이를 말하고 있는 것일 수도 있다. 맥락을 알겠지만 그런 말을 갑자기 꺼내는 선배의 '진의'는 13년이 지난 지금도 끝끝내 모르겠다. 선배의 말투는《벽암록》에 나올 법한 화두의 발화법을 흉내 낸 것이다. 13년 전에도 그렇고, 오늘도 그렇다. 멋들어지지만 공소한, 그런 말투에 내가 배우는 것은 털끝만큼도 없다. '왜 당신도 잘 모르는 것을 아는 것처럼 이야기하실까?' 생각했다. 약간은 힐난하는 마음이 일었던 것이다. '알듯 모를 듯한 생각을 간단한 표현으로 사슬처럼 엮어서 말하는 법을 모르시는구나.' 생각하기도 했다. 심지어 선배가 가여운 마음이 일기도 한 거다. 버릇없고 얄팍한 단정이다. 생각해 보니 선배에게로 귀착한 내 얄팍한 판단은 참조항을 다시 '나 자신'에게 두고 있음을 알겠다.

만날 억지로 쓰는 글만 억지로 쓰는 것 같다. 불현듯 진짜로 쓰고 싶은 글을 써야겠다고 마음먹는다. 그래, 나의 사랑과 애착과 집착에 대해 한 말씀 써야지 생각한다. 구상을 하다가 보니 이마저도 억지로 쓰게 될 것만 같다. 착상을 메모만 해둔다; 집착의 역설, 침묵하기 위해서 사랑을 떠안고 침몰하기. 떠벌리면서 각주를 끝없이 늘어놓기. 유예와 지연. 오류가 없는 진리값을 향한 사랑의 도약. 가정법-그것도 자신을 논파하는 집착의 가정법. '나는 존재한다'고 말하는 나의 입이 나의 생각 속에서 만들어졌다는 진리를 알기에 끝끝내 나를 모르는 것들을 불러들이는 수밖에 없는 지경. 다시 혼비백산하는 유령. 불러들이는 방식을 통제하고 유예하고 그런 나를 다시 밑바닥에서부터 논파하기. '나는 유령이다'라고 말하는 유령인 나에 접근하기. 깨부수기. 들러붙기. 인내. 의지. 의자. 바닥. 다시 인내.

스스로 자신을 논파하는 가정. 참이라면 반드시 거짓을 포함할 수밖에 없는 가난한 함축. 고집을 피울 때 내 말버릇은 대개 그러했다. 내가 존경하는 이는 가정으로 일관하지 않고, 확답하지 않고, 고집 피우지 않고, 여유롭고, 유머가 있으며, 그럼에도 무언가를 꿰고 있지만, 상대에게 뒷문을 열어두는 작고 아늑하고 하얗고 한없이 가벼워서 상대를 '자유케 하는' 말버릇을 가지고 있다. 그러니까 말투 이전에 태도의 문제, 도사리는 방식의 문제가 먼저인 셈이다. 나는 내 태도로 인해 변했다. 스스로 변질되었음에도 그 지경을 모르는 지금, 삼십대 후반의 나에게 내가 존경하는 사람은 세상에 더 이상 없는 사람이 되었다. 태도가 본질에 선행한다. 진리치를 향한 도약은 정지한다. 방향의 전위. 실재를 지우고 벙어리가 되려는 마음, 비약의 의지로 지워지는 말들, 그런 마음을 섬기고 말을 가려서 늘어놓는 시.

경험도 피하고 개념화하려는 추상적 욕구도 피하면서 당신을 지시하고 싶다. 벙어리가 되고 싶다. 벙어리는 다디단 수화로 나의 당신을 한 뼘 들어 올리겠지. 그렇다. 마음을 쓰려면 우선 인내를 위한 자리를 만들어 두어야 한다. 상대에게 제 존재 전부를 쏟았을 때, 헤량할 수 없이 치열하게 말을 건네 온 방식으로 마침내 '당신만의 당신'을 발견했을 때, 당신에게는 여직 빈자리가 남아 있어야 한다. 거기에는 쓰디쓴 깊이의 허방이 있다. 허방 속에 알 수 없는 인내가 도사릴 일이다. 인내의 돌은 손톱만치 반질반질하고 작지만, 인내의 원석은 지구보다도 커야 한다. 세상의 어떤 사랑보다 인내가 작은 이유다. 사랑은 황홀이고 잠깐이고 무시간이고, 인내는 길고 느리고 하염없어서 차라리 물질에 가깝다. 사랑 앞에서 인내는 작동한다. 그러니 다시 말하자. 세상 어떤 사랑보다 인내는 크다. 당신의 사랑 안에서 인내는 우주보다도 크고 사랑은 먼지보다도 작아야 한다.

디드로Diderot는 《라모의 조카》에서 라모의 입을 빌어 말한다.

> *"서정시는 아직 태어나지 않았어요. 그러나 도달하겠지요."*

2014/06/20 00:49

성난 얼굴로 돌아보다

하길종 특별전 포스터 앞에 오래 서 있다. 금주 9일이다. 하루 두 끼, 달걀 두 알과 우유 한 컵. 밥 말리Bob Marley, 프레디 머큐리Freddie Mercury, 밥 딜런Bob Dylan. 아라발Arrabal 전집 세 권째 읽었다. KOFA에서의 아사노 타다노부浅野忠信 특별전. 삼 일에 두 권꼴의 독서. 휴관일을 빼고는 거의 한 편꼴의 영화. K 형과의 짧은 수다. 아무도 만나지 않고. 도사린 채로 아흐레를 보낸다.

놓치고 마는 중요한 '진실'은 감각적이고 감정적인 재료로 만들어졌을 때에만 우리의 의식에 각인된다. 칼과 장미의 진실은 칼을 휘두를 때, 장미를 코에 들이댈 때 드러나지 않는다. 칼과 장미를 표현한 그림과 음악 앞에서 칼과 장미의 진실은 감각으로 체험된다.

짓누르는 현실의 압박 속에서 그윽한 통각을 희구한다. 옴짝달싹 못하게 우릴 마비시키는 요원한 꿈의 마비 속에서 불수의근의 떨림을 희구한다. 고뇌와 분노와 열락과 광기와 열반과 폭발과 정적의 어딘가에서, 감각은 진실을 향한 우리의 '인식상'을 일깨운다. 관념을 감각적으로 표현하여야 하는 예술의 특수성으로 인해, 진실은 감각과 감정의 영역에서 체험되고 인식 속에 복기된다. 인간은 그렇게 존재한다. 고뇌가 없는 당위가 없고, 열락이 거세된 평화는 없다.

짓눌러 압박하는 당대는 꿈을 거세한다. 현실을 무기로 압제는 시작된다. 무절제하고 터무니없는 꿈에 기댈 때 우리는 마비된다. 오로지 내일의 소전제로서의 지금, 지금, 지금이라고 말한다. 압제와 마비로의 치우침. 그러나 압박감과 마비 사이에서 진동하며 진실을 향한 감각이 살아 있다. 소란 속에 자유가 있다. 인간은 그렇게 존재한다. 침술을 받은 환자는 때로 침을 빼고 나서도 침감을 느낀다. 압박과 마비의 치료제로서의 침감, 환지통과도 같은 감각으로 인간은 존재한다. 그들은 모른다. 언젠가는 숨죽인 비명의 고주파가 거대한 입을 만들어 삼키리라는 묵시의 비밀을.

작금이 시는 그 정도가 지나치게 교묘하다. 교묘해서 금세 일천해지고 만다. 그런 의미에서 우리는 이미 끝났다. 그러나 언젠가, 우리가 우리 자신을 넘어서게 된다면, 우리가 우리 자신을 따라잡게 된다면, 그것이 우리의 추락이 될지도 모른다. 남겨 두어야 할 자존감과 시를 향한 자만심은 그 추락의 지점에 묻어 두어야 한다.

블랙리스트에서 화이트리스트로 옮아가는 인연들.

그레이리스트 안에 도사리는 무의미들.

시를 통해 우리는 삶이라는 뇌관을 건드렸다.

나는 두려워서 싸우고 지고 또 그대를 증오하는 만큼 사랑하오. 내 사랑의 크기는 그대와의 싸움의 크기만큼 깊기에 내 싸움은 끝이 없소. 내 패배에는 깊이가 없고 내 설움에는 차원이 없소.

언젠가 너는 너 자신의 패러디가 될 것이다.

2009/11/21 10:28

점근선 속에서 그는 울었다

이파리 끝에 매달린 물방울을 한 단어로 무어라 했는지 기억에 없다. 창 너머 사선으로 드리운 가지와 가지를 휘감은 덩굴들. 이파리마다 빗방울이 달려 있다. 매달린 빗방울은 나뭇잎이 간신이 밀어낸 태아 같다.

덩굴손은 악력을 풀고 꼬았던 줄거리를 곧게 펴며 죽어 간다. 샛노랗게. 눈길을 따라 상상 속의 이파리가 돋는다. 이파

리들이 매달린 모양새와 그 끝을 점점이…… 눈동자의 움직임을 엮어서 투명한 선으로 그려 본다.

*

점근선들이 만들어 내는 그림은 누구일까?
유화 물감을 쥐어짜 폭풍을 그린 화가의 머리카락.

그는 눈이 멀었다. 마치 썩고 있는 고깃점에 꼬무락거리는 구더기와 같은 눈동자에 메스를 그을 때, 술 중독에 빠진 늙은 의사의 떨리는 손아귀에서 반짝이는 칼날 눈부신 빛줄기밖에 볼 수 없어서 그는 울었다.

*

눈시울을 따라 덩굴손이 돈는다.
날렵한 물고기가 튀어 오른다.
내 눈동자 속으로 뛰어든다.
점근선 속에서 나는 소실된다.

2012/10/10 08:18

나와 나의 방위

"우리가 만나게 되는 최초의 경계는 어머니의 배다. 모든 것으로부터 우리를 보호하는 이 덮개는 세상의 근본인 곳으로 솟아나기 위해 가장 먼저 뛰어넘어야 할 벽이다." 에블린 페레 크리스탱Evelyne Pere-Christin의 《벽-건축으로의 여행》을 다시 읽었다. 궁금증을 호기심으로 바꾸는 데서 시작하는 글, 그 글은 자신이 찾은 해답들을 재배치하는 과정을 고스란히 보여 준다. 읽는 입장에서는 그 '해답'들을 좇아가기만 하면 된다. 난삽하지만 않다면 내가 필요로 하는 '도그지어dog's ear'들을 만들 수 있다. 처음 읽을 때는 다음 네 단어에 별표를 해 두었다.

경계, 배, 덮개, 벽.

아마도 나는 저 무렵 무엇인가를 건너가려 했나 보다. 무언가를 우회하지 않고, 위로 날아서 건너가고 싶었나 보다. 그것이 무엇이었을까. 그 무언가를, 그 누군가를, 그 어떤 마음의 상태를 정면으로 돌파해서 부숴 버리지 않고, 돌파흔도 주저흔도 폐허도 스키드 마크도 남기지 않고, 그 위를 날아서 건너가고 싶어 했나 보다. 샤프펜슬로 재빨리 그어 넣은 동그라미들이 그런 내 마음의 조바심을 다시 말해 주고 있는 것만 같다. 무엇일까? 벽에는 동그라미를 두 번 그었다.

"연대기적 방법은 기능과 형태의 직선적이고 동시적인 발전을 관찰할 수 있게 하며, 시간이 지날수록 **상호 완성**되고 풍부해진다. 여기서 기능에 따라 형태는 동일해진다는 기능지상주의 논의는 상대적 가치로 인정받아야 한다." 여기에는 왜 밑줄을 그어 놓았을까? 저 굵은 글귀에는 벽돌 모양으로 네모를 그려 넣었다. 나는 내 삶을 통틀어 (아마도 그제야) 유형화되기 시작하는 경계의 달력들에 대해 생각한 것일 테다. 감긴 내 두 눈꺼풀 뒤쪽에서 보아야 비로소 펼쳐지는 탁상 달력 같은 것, 내 망막과 눈꺼풀 사이에 언제나 같은 빛깔로 떠 있는 작은 문과 같은 달력 말이다.

뒷산을 천천히 돌면 산책은 사십 분 넘어 걸린다. 약수터에서 나무 계단을 따라 제법 이어지는 언덕길 양옆으로는 낮은 화살나무, 그 위로는 하얗게 솟은 굴참나무 군락이다. 새벽 즈음에는 청설모와 마주친다. 이즈음은 청설모를 자주 본다. 자주 오래 그 작은 검회색의 동물을 보니, 그 발톱과 눈과 코언저리의 수염과 기괴하게(정말 기괴하다) 크고 긴 꼬리가 한눈에 들어온다. 해서 청설모라는 작고 귀여운(?) 동물에 대해 나는 '무섭다, 추하다, 나쁘다'는 인상을 덮어씌우고 만다. 도토리며 열매가 모두 눈에 덮이기 전에 청설모를 몇 차례 더 자세히 오래 보아야겠다.

뒷산은 수종이 다양하다. 웬만해선 보기 힘든 조선소나무 군락도 두 개 있다. 그리고 그 이름을 가만히 발음하면 부자가 된 듯한 아늑함을 전해 주는 나무들. 자작나무, 마가목, 가막살나무, 고광나무, 야광나무, 아그배나무, 느릅나무, 좀모형 수종들. 곁을 지나며 버릇처럼 이름을 세 번 발음해 본다. 그러면 나도 모르는 사이 이파리를 따서 뱅글뱅글 손가락으로 돌리게 되는 거다. 어쩌다 술이 덜 깬 새벽이면 핸드폰 라이트를 켜고 올라가(좀 무섭다) 굴참나무 군락지를 지나 산

중간 나무 의자에 앉아 벌건 눈으로 여명에 정신을 묻고 내려온다. 그런 하루는 대개 '좀비 산책'으로 잠을 못 이룬다.

내년 1월호 마감이 하나 있지만 '옛 시'를 보낼 것이다.

시간이 나만 모르는 어디로 가 버린 것만 같다.

시간이 나를 넘어서 다른 벽으로 스며 버린 것 같다.

2012/10/26 00:16

당신의 | 업

당신을 상대로 하는 관대함. 연습은 시작되었습니다.

우리는 넋을 빼앗는 지독한 위악僞惡에 휩싸였습니다.

편수자編修者 위에서 당신은 날렵하고 뾰족한 병입니다.

나라는 저변은 무디게 도사려 엎딥니다.

오늘 얻은 아포리아. 일, 월, 화, 사흘을 집에 앉아서 한 가지 주제만 생각했다. 쓰기 전에, 쓰다가 막히면, 쓰고 있을 때도, 그간 읽어 온 이런저런 책들의 세목과 구절들이 떠올랐다. 혼종은 글쓰기의 숨결이다. 프랙털. 그러나 이번엔 그런 인덱스의 구름을 머릿속에서 지웠다. 보통은 흔적을 꺼내고 목록을 짜 맞춘다. 격자무늬 속에서 주제 문장을 논리로 확산시킨다. 그러면서 한 편의 글은 그 모든 문장과 책들의 세목을 포함하고 먹어 치운다. 결국, 이상한 한 덩어리 생물체가 만드는 것이 글이라는 물질이다.

글이라는 물질의 근간을 지워 보려고 했다. 생각이 올곧게 문장이 되면 받아 적는 식으로 써 보려 했다. 사흘 동안 고작 12매를 썼다. 12매를 채운 문장들은 저마다 제 목소리로만 살아 있었다. 글이 되려고 하지를 않고 모니터에 도사렸다. 나는 그렇게 생물이 된 '글-단어-물질 주제' 들이 사슬처럼 결지르고 도열한 이상한 순열을 마주했다. 애초에 쓰고자 했던 글의 의도를 향한 것도 아니고, 나 자신의 성찰을 담보로 하고 '무의도의 의도'를 드러내지도 않는 순열, 앞에서 '나는 논문을 쓰려고 했다'는 사실을 사흘 만에 깨달았다.

사흘 동안 아침 한 번, 저녁 한 번 산책. 오이무침에 콩나물 간장비빔밥 두 끼. 일어서다 주저앉았다. 헛웃음. 허. 두. 습. 그예 왼쪽 발목이 돌아갔다. 오른쪽이야 원래 그렇고. 그러니 양쪽을 절룩거리는 형국이다. 무슨 로트레크Lautrec도 아니고 간화선 수행자도 아니고. KBS1, 원음방송, EBS FM을 돌려 가며 라디오를 켜 놓고 앉았다 보면 간혹 라디오에선 선배 시인의 목소리가 난데없이 "할!" 하고 튀어나오기도 한다. 조금 전 20시에 "할!" 하고 튀어나온 선배는 나로 하여금 파스테르나크Pasternak를 읽게 했다. 그래 지금, 한 손에는 빠스쩨르나끄의 《나의 누이 나의 삶》, 다른 한 손에는 파스테르나크의 《어느 시인의 죽음》을 들고 있다.

2월, 잉크를 만지면서 눈물을 흘려라!
울부짖는 진창길이
검은 봄으로 불타오를 때에,
흐느끼며 2월에 관해 써라.

- 보리스 빠스쩨르나끄, 〈2월〉

2012/06/19 23:50

꿈의 식물도감 '딸기' 편

딸기 이파리가 기억나지 않는다. 식물도감을 보지 않아도 기억할 수 있는 이파리가 있을 텐데 말이다. 딸기밭으로 오르던 길은 황톳길이었고 중간에는 너구리굴이다. 길 한가운데 뭉개진 무덤이 있는데 썩은 관 끄트머리가 드러나 있다. 귀신이 나올 법하다. 산딸기밭으로 오르는 길은 또한 급한 경사로 썩어 부서지는 모래 더미가 무너져 내리는데 비가 내리면 내장이 쏟아지듯 한다. 하늘에는 6월의 밤나무들이 하얀 밤꽃을 삑 삑 삑 뿌리다 지쳐 녹아 검게 진다. 딸기밭에 누워서 딸기 서리를 했다. 딸기 이파리를 묘사할 수 있었다면 말도 안 되는 문장들은 이미 시가 되었겠지.

딸기 이파리 아래 개미집이 있고 개미굴을 둘러 동그랗고 예쁜 흙이 공처럼 오밀조밀 쌓였다. 마치 샘물에 녹지 않고 가라앉은 미숫가루나 당원糖原처럼 말이다. 미숫가루와 당원이라니. 딸기밭 아래엔 아직 걷어 내지 않은 검은 비닐이 있고, 누군가 버려둔 대나무도 뒹군다. 딸기밭에는 물론 아직 짓지 않은 비닐하우스도 있고, 아직 농약을 채 타지 않은 검고 커다란 고무 대야도 있다. 모터가 돌아가는 소리는 칙 칙 칙 칙칙 칙칙. 노인은 아마도 고장 난 선풍기 날개를 씻고 있겠지. 딸기밭에 누워 딸기 서리를 한 적이 있다. 주제는 딸기 이파리인데 가능할지 모르겠다. 딸기도 딸기 이파리도 우리가 모르는 어떤 아저씨가 맺는다는 사실.

딸기에는 핵이 있고 핏줄이 있다.
딸기에는 씨가 있다. 아름다운 우주다.

그루터기 숲을 다시 생각하고 있다. 그루터기는 땅속으로 뻗어 나가는 실핏줄의 집을 말했다. 나이테를 볼 자신과 깜

냥은 아직 없지만, 그루터기로 가득한 숲을 본 것은 최근의 일이다. 내가 겪은 20년의 도시가 그렇다. 그러니까 현재형의 삶이 마치 그루터기가 가득 펼쳐진 숲이라는 것이 되는데, 이 실재와의 만남은 임순례의 〈우중 산책〉과도 겹친다. 비 오는 날 극장에서 표를 끊어 주는 무감하고 의욕 없는 여자의 통통하고 흰 손은 그루터기 숲의 반대편이다. 실핏줄이랄지 실뿌리의 삶은 여전히 중림동이나 미아동에 있을 수 있기 때문이다.

화가라면 그루터기 숲을 그림으로 그렸겠지. 그렸겠지만 그루터기 숲이라는 주제는 조금 더 생각해 볼 문제다. 음악을 꽂아 두는 선반도 이를테면 그루터기 숲일 것이다. CD장이나 LP장. 먼지가 고이는 모양 또한 그루터기의 나이테를 셈하는 방식일 수 있겠다. '흑요석'. 묵직한 돌 하나가 마음속에 갈앉는 것을 견디지 못했는데, 그 돌이 따뜻하니 피를 품을 수도 있겠다는 생각이다. 결핍이 아니라 '핍결'이라 할까? '핍진'이라 할까? 몸에 돌 하나가 있는데 커 가는 모양이다. 보듬을 수 있을까? 아름다운 우주다. 산딸기 굴곡을 걸어 내려오는 희디흰 씨앗처럼.

2013/06/11 01:55

시인이 되어 시인을 견디는 일에 대해서

황현산의 〈익명성과 사실성〉의 일부다. 글쓰기 강의 기말 시험에 출제했던 지문이다. 문제는 글의 나머지 부분을 이어서 쓰는 것. 《밤이 선생이다》 194~195쪽에 수록되었다.

> *수영을 배우러 다니는 딸아이가 하는 말이다. "수영복을 입고 풀에 있을 때는 기혼 여성인지 미혼 여성인지 쉽게 알 수 없어요. 얼굴이 앳돼 보이거나 노숙해 보이거나,*

주름이 좀 있거나 없거나 그런 차이밖에 없으니까요. 그 나름대로 다 예쁘고 개성이 있는데……." 그런데 물 밖으로 나와 옷을 갈아입고 화장하고 나면 기혼자와 미혼자가 확연히 달라진다는 것이다. 기혼 여성들은 서로 비슷한 복장에 똑같은 화장을 하기 때문이다. "모두가 아줌마 탈을 한 겹씩 둘러쓰는 것 같아요."

딸아이의 말 속에는 분명히 힐난하는 어조가 들어 있지만, 그 애보다 세상을 세 배쯤 더 살아온 내 생각은 좀 다르다. 기혼 여성들은 바로 그 '아줌마 탈' 뒤에서 편안할 것이다. 거기에는 익명성이 보장해 주는 안정감과 자신감이 있다. 멀쩡한 젊은이들에게 예비군복을 입혀 놓았을 때 일어나는 현상들이 술자리의 심심찮은 화제로 등장하기도 하는 것처럼 익명성은 사람들에게 이상한 용기를 준다. 기혼 여성들도 그 '탈'의 힘을 빌려, 본래의 얼굴로는 엄두도 내지 못했던 일을 과감하게 처리해 낸다고 말해도 무방할 것이다. 중년의 주부들은 그 다른 얼굴을 내세우고 가난한 행상과 모진 흥정을 하기도 하고, 전철에서는 무슨 방법으로든 제 자식이 앉을 자리를 뚫어 낸다. 그렇다고 이 익명성이 한 사람의 이름과 얼굴을 가려 주는 피신처의 역할만을 하는 것은 아니다. 유니폼과 탈은

그것들이 지시해 주는 처지에 걸맞게 행동해야 한다는 의식을 우리에게 심어 주기도 한다. 그래서 '아줌마 탈'의 뒤에는 자신의 처지와 입장에서 자신이 해야 할 일을 명백하게 파악한 사람의 자신감이 들어 있다.

우리는 여전히 체면을 존중하는 사회에 살고 있다.

'체면'이라는 단어에는 역할 갈등과 사회화된 정합적인(정합적이라고 여겨지는) 배역이 동시에 맞선다. 아부와 진심, 짐짓 젠체함과 굴종이 함께하는 수가 있다. 한 사람의 체면이나 한 '인생'의 위신은 자신을 억누르고 낮춰지는 데 길든 익명의 다수의 '자신'이 낮게 깔려 부감하는 평가에 불과하다. 자신감은 자신에게 느끼는 고양된 감정일 수도 있고, 자기를 낮추어 보는 데 익숙해진 열등감일 수도 있다. 이름을 얻지 못한 다수가 있는가 하면, 자기 이름으로 불린 적이 없는 사람도 있다. 황현산이 주목하는 존재는 바로 아줌마다. 아줌마라는 '이름' 속에서 익명성이 사실성으로 전화하는 새로운 가능성을 읽는 것이다. "사실을 끌어안고 있는 익명의 힘"으로 우리 사회의 "제도문화의 사회적 확산"의 가능성을 전망한다.

황현산이 말한 '사실성'의 차원을 삶이 매개하는 '환원 불가능성'으로 바꾸어 보면 생각할 거리는 더욱 많아진다. 황현산은 '아줌마의 탈'에서 직관적으로 몸과 삶의 불가분리성을 엿본다. 한 사람이 어떤 위치에 있느냐나 어떤 차원에 기능적으로 배열되어 있느냐가 곧장 그의 '사실성Faktum'으로 환원되지 않을 수 있는 것은, 그의 몸이 써 나간 삶이 있기에 가능한 일이다. 일찍이 문학의 영역으로 추방된 저 '숫자로 환원할 수 없는 것-계량 불가의 차원'이나 '하나로 환원할 수 없는 가상Schein'의 차원 말이다. 익명성이 가진 부정적인 차원은 우리가 모두 깨어 있는 각자로 존재한다는 망상에서 시작된다. 의미를 해체하고 나면 인간은 의미 없는 게임에서 제 역할에 맞추어 소용을 다 한 장깃돌처럼 삶을 뒹군다.

경험은 독단을 매개하고, 독단을 해체하는 관념은 의미를 체념으로 탈바꿈한다. "모든 것이 모든 것과 동일하다는 것이 치르는 대가는 어떤 것도 동시에 자기 자신과 동일해서는 안 된다는 것이다.(아도르노Adorno)" 이 시대에 '개인'으로 존재하려는 몸부림은 그 자체로 우리를 익명성 속에 함몰하려는 온갖 기제에 대한 조소에 가깝기 때문이다. 이 글의 논지에서 강조되지 않는 부분은 바로 이것이다. 자기 유지의 가능성과 자기 파괴의 욕망을 가까스로 조율하는 곳에는 한 인간의 몸뚱이가 매개가 되고 있다는 사실 말이다. 상대주의의 덫을 헤치고 나오는 길은 낯선 피를 자기 속에 받아들이는 방법에 있을 수 있다. 제 스스로 내재성을 획득해 나가는 수밖에 없다.

엊그제 한 잡시의 봄호 대담에 참여했다. 질문은 "시인은 이 사회에 어떤 존재인가, 누구인가?"로 시작되었다. 지금 이 사회에 부족한 것은 '있을 것이 마땅히 있어야 할 자리에 마땅히 있어야 하는 방식으로 존재하는 질서'다. 있을 것이 있어야 하는 당연한 계기들이 이상적 질서로 생각되는 그 무수한 반동이 진보를 가장 소중한 개념으로 받아들이게 한다. 있을 것이 있을 곳에 있다면 우리는 '이상적' '진보'라는 케케묵은 단어를 역설적으로 소중하게 받아들이지 않아도 될 것이다. 있을 것이 마땅히 있을 자리에 있는 데서 비롯되는 삶의 형식들이 모여서 어떤 힘의 조합을 이룬다. 진보는 소중한 가치다. 진보에 대한 가치 부여는 항용 집합적인 힘들이 어떤 '식민적인(자본에 대한, 욕망에 대한, 지배에 대한) 이데올로기'로 기능하지 않도록 돕는다.

그럼에도 시를 쓴다는 것은, 시인이 된다는 것은 고정된 것을 향해 나아가려는 어떠한 시도에도 제동을 거는 힘의 차원에서라야 선명한 작업이다. 우리를 가로막는 것이 혁명적인 무의식이라면 꿈꾸기를 포기해야 할지라도 멈추어 서야 할 때 멈추게 하는 힘이 시를 쓴다. 그런 의미에서 파국으로 치닫는 이 시대는 시인에게 '정치는 역사보다 우선권을 가진다'는 선명한 '동시대적 진실'을 다시금 일깨우고 있다. 더는 어떠한 비평적 진단도 시와 시 언어의 관계를 변화시키지 못하리라는 회의적인 진단에 새삼 동의하게 한다.

파국에 대한 관념이 희미해지는 이유는, 이 시대가 시인으로 하여금 시라는 텍스트를 대하는 방식을 교정하도록 요구하기 때문이다. "파국은 터널 같아서 나눌 수가 없다." 한 달 전 즈음에 시에 쓴 구절이다. 텍스트에 대한 적대감을 갖고 텍스트를 대하는 방식으로 비평의 태도를 결정한다. 적대적 획일화가 시 비평의 축이 되어 가고 있는 것만 같다. 호명과 교정이 있어야 할 자리에 자기 반박적인 주의-주장을 가동해 동시대의 평단의 질서를 만들고 있다. 어떤 경제적인 조합 때문인지는 몰라도 우리는 이제 서로의 입장이 잘못되었다는 사실을 입증할 때 가까스로 우리가 동일한 의견을 가진 시인이었음을 확인하게 되는 것만 같다. 칼럼니스트들이 쓰는 사설의 시대다.

그러나 동일한 입장을 가진 사람들의 의견은 항상 같지 않고 언제나 다른 이해를 요구한다. 당연한 일이다. 역사적 사실들이 회상이나 회감回感의 영역이라면, 역사가 사실성의 환원을 벗어난 자리에 시는 자리할 것이다. 단순한 사실성의 강제를 벗어난 곳에서 시가 의미를 얻기 때문이다. 그래서 이 시대의 알레고리는 이 시대의 시 해석을 난해하게 몰고 가는지도 모른다. 요는 이제는 어떤 시로 남을 것인가, 어떤 시집으로 남을 것인가에 방점이 찍힐 수 없다는 사실이다. 훌륭한 시와 시인들이 넘쳐 나고, 그들의 의미 있는 작업들은 마땅히 격려받을 필요가 있다. 격려와 위로와 온당한 평가를 요구할 권리와 자격이 이미 그들의 시 안에 갖추어져 그들의 삶을 쓰고 있다.

황현산의 논지대로, 시인에게 사실성이란 삶과 몸의 '외로된' 사업에 있겠다. 결국에는 아주 오랜 시간을 묵묵히 헤쳐 나간 다음 어떤 시인으로 남을 것인가가 중요하다. 시에 대한 과도한 의미 규정과 그가 살아간 시대의 폭력적인 알레고리 안팎에서 어떻게 시인으로 오롯이 살아갔느냐가 그의 시를 결정할 것이라는 점이 중요하다. 이 시대의 시 쓰기라? 과정은 돌고 돌아서 시인의 삶 안에 귀착된다. 과도한 낭만과 설익은 계몽이나 종교적인 망상의 부스러기를 벗어 버린 시대의 문학, 아니 시가 어떻게 한 시인과 결부될 수 있느냐를 생각하는 것은, 아무래도 골치 아픈 미래학에 가까운 듯 보인다.

시와 시인을 분리하기 위해서 시인과 시인의 인생을 한 몸으로 옭아매야 한다는 아이러니. 시와 시인이 서로를 호명하지만 매 순간 시와 시인의 공속 불능을 재확인할 수밖에 없는 자기 소외. 시가 되기 전에, 시인이 되기 전에, 말이 되기 전에 우선 한 인간의 삶이 저를 까발리며 시와 시인을 말하리라는 것. 결국은 한 인간으로 살아간 그이의 민낯이 시가 된다. 그 저열한 실패와 악전고투와 숭엄한 광기와 지리멸렬한 일상과 타협과 협잡 속에서의 자기 확신까지도 말이다. 한 편의 시와 열 권의 시집보다 그의 시인된 삶에 방점이 찍힌다. 한 인간의 삶 자체가 시로 남게 될 것이다. 그의 시인된 삶을 가차 없이 내팽개치고 다시 본 그의 민낯이 그의 시를 다시 쓰게 될 것이다. 2013년 12월 시는 '이미 그런 시대 속에' 있다.

이 시대의 시인은 누구인가? 그는 자기 아이러니를 통해서만 시를 쓸 수 있는 한 인간일 뿐이다. 그는 혹독한 개별성으로 자신의 인생을 온몸으로 살아 내야 한다. 시는 자기 아이러니를 온몸으로 감내하며 삶을 받아 적을 뿐이다. 시는 무엇이고 시인은 무엇인가? 시는 시인과 잠시 동안 함께하는 슬픈 구성 인자일 뿐이다.

술을 끊은 지 5개월 사나흘이 지난다. 아내와 함께 산 지 5

개월이 되어 간다. 아내는 지금 아프다. 하루 온종일 누워 있다. 아내의 고통을 살피며 나는 생각한다. 우리는 동등한 고통 앞에서만 잠깐 동등한 고유성을 부여받을 수 있다는 슬픈 확신. 우리는 서로의 고통을 귀히 여길 줄 알기에 함께 살 수 있다는 가륵한 사실. "고통 공산주의 / 인간은 고통 앞에서 평등해야 한다."라고 나는 썼다. 어쩌면 이 시대의 시인은 한 편의 시로, 한 권의 시집으로 고통 공산주의를 쓰는 자여야 하리라. 그는 남루한 자신의 인생을 보듬고 껴안으며 죽을 때까지 죽지 않아야 할 것이다. 아내는 곧 자리를 털고 일어나겠지.

2013/12/28 18:10

라라라 | 고온다

찬 공기를 뚫고 담배를 사다 입에 물고 뒷산에 올라 모자를 쓰고 후드티를 뒤집어쓰고 건너편 명지전문대 뒤쪽 산길에 불이 들어오고 꺼지는 것을 지켜보다가 내려온다. 따뜻한 우유 한 모금. 때때로 동료 여성에게서 'umbilical cord제대臍帶'와 그 근원에 관련된 질문을 받곤 한다. 오해로 결말지을 수밖에 없는 대화의 이면에 공격적인 해답들이 있을 것이다. 내가 살아서 죽는 날까지 그 줄의 근원과 가능성과 체험을 말할 수 없을 것이다. 그러므로 내게 그 질문은 '너 스스로 미망을 깨치라'는 '할!'처럼 번역되어 들리곤 한다. 머리통을 가득 채우고 출렁이는 뇌수가 온통 완고한 텍스트가 되어 끈끈히게 뒤엉킨 느낌. 불길한 상상에 휩싸이며 이리저리 함부로 움직이며 불면에 시달리며 머릿속의 텍스트는 문득문득 멍하니 다른 세상을 깨쳐 나를 일깨운다. 읽지 않고도 쓸 수 있다는 천재의 오만에는 어떤 행려병자의 병력 같은 것이 스미어 있을 것이다. 토막잠결에 핸드폰에 남긴 메모는,

살라미

플리스 재킷

채증의 거리 물대포와 세계 경찰과 사랑스러운 불꽃들의 이합집산 축제들

야윈 주먹을 들어 꽃가지처럼 펼친 성난 군중이 점거한 도로 곁에 낡은 정신 병동 외벽.

책장 귀엔 돌멩이가 세 개 있다. 크기가 다르고 색깔도 제각각이지만 그것들은 모두 심장 모양을 하고 있다. 때때로 석영이 가득 박힌 붉은 반점의 심장 모양의 돌을 닦아 백열등 깊은 불빛에 오랫동안 비추어 보기도 하는 나날이다. 누군가를 피해 가고 소속되지 않으려는 의지로 가득한 삶이 종국엔 일없이 고행을 들씌우고 있다. 다시 따뜻한 우유 한

모금. 이즈음의 침대맡에는 프레디 머큐리 평전. 다시 따뜻한 우유 한 모금. 색에 관한 묘사를 최대한 삼가고 난 다음 깊은숨을 들이쉬고 〈쇄빙선의 봄〉이라고 제목을 정한다. "타쉬 델레, 나이 밍라 '백비魄飛' 라 라 라 고온다.(박정대, 〈갈레 슈우〉 참고)" 시작이다. 고다르Godard의 단편을 죽 몰아서 보고 싶은 겨울 아침.

2009/11/10 07:04

기나긴 명정酩酊이 끝났다. 충혈된 눈알을 닦고, 불알을 닦고, 누웠다 일어난다. 쓴다. 읽는다. 지금 나는 그 어떤 시절의 암울함에 젖어서 그 기분을 잔뜩 부풀리는 글을 쓰고 싶은가 보다. 그럴 공산이 크다. 그럴 때면 가끔 지극히 비통해지고 가끔은 무한한 희열에 젖는다. 조금만 노력하면 그렇게 돼. 조금만. 난 숱한 사람들을 만났고, 많은 사람에게 그런 사실을 고백했다. 그들은 나의 의사가 되어 주지 못했다. 내가 선생이 되어 한 인간도 바꾸어 놓지 못한 것처럼. 누군가는 걱정했지. 내 깊은 잠과 백일몽과 나태한 산책이 내 정신을 망치고 있다고. 그이는 언젠가 내가 나 중심의 감옥을 벗어날 수 있게 도와주려 했지.

질서와 자기 수양, 나날의 임무들, 전술과 전략들, 제 자신을 옥죄는 고래 뼈로 만든 코르셋. 지금 나는 그 기분을 잔뜩 부풀리는 글을 쓰고 싶은가 보다. 지금은 누구도 자신에게 맡겨진 역할들이나 부조리하고 또 복잡한 삶의 세목들, 뒤엉킨 에피소드에 이의를 제기하지 않으니까.

서른다섯, 지금, 나는 그것이 우리에게 할당된 현실이며 인생이었다고, 결국 말하고 싶은가 보다. 지극히 온화하고 지극히 현명하고 지극히 냉철하게 자기 규준의 시공간을 계산할 줄 아는 이들이 우리의 아버지였으니까. 그것이 규정된 역사였고, 우리에게 할당된 현실과 우리에게 할당된 인생 바깥의 일이었으니까. 걱정할 필요는 없어, 세상 모든 것들은 저마다의 우주를 품고 있듯이, 산다는 것은 그래, '삶이라는 작업'은 가능하면 냉소주의를 취하지 않으며 체념으로 극복해야 할 하나의 고문이야. 대안이라고는 없었고, 그런 것이 있다 하더라도 생각해 본 적 없었지 않아? 그러면서도 당신의 남자는 차라리 여기가 아닌 다른 곳에서 농투성이가 되는 것이 나을 거라는 망상에 잠긴다. 그러면서도 당신의 어머니는 저녁상을 차려 주고, 상을 물린 손을 오래 정성을 들여 씻은 다음, 방으로 들어가 비밀 일기에 쓴다. 이혼하고 미국으로 가 살고 싶다.

질서와 자기 수양, 나날의 임무들, 전술과 전략들, 제 자신을 옥죄는 고래 뼈로 만든 코르셋. 우리의 삶이 체념으로 극복해야 할 하나의 고문이라면, 나는 오히려 그 고문의 유희 속으로 더 깊이 들어가 볼까 내내 궁리 중. 더욱 진지하게 받아들인다는 말. 그런 내 말이 무슨 뜻인지 당신이 이해할 수 있을지 모르겠다.

2011/08/24 22:16

중독의 알레고리

병원 건물 꼭대기 차양 아래서 까치 떼가 날개를 접고 있다. 거기가 세상의 끝인 것 같다. 아침노을이 스러진다. 마지막으로 발간 기운이 사라지자 세계의 끝에서 하늘이 지상을 매만진다. 병자들이 자동문 안으로 미끄러진다. 저절로 밀치고 닫는 연녹색 유리문 바깥으로, 인간이 인간을 촉진觸診하는 멀고도 고요한 지평선이 오므라드는 듯. 병자들은 휠체어 위에 링거를 매달고 있다. 링거 속에는 감정을 위한 아무런 목적도 없는 음료들이 들어 있으리라. 수액은 바늘 끝에서 잠시 머뭇거리다가 병자의 핏속에 스민 삶에 대한 주저를 읽고는, 비릿한 압력으로 아무런 고통도 열정도 없이 그들의 영혼에 스미리라. 영혼이 있다면 깃발처럼 펄럭이며 말하겠지.

"나는 사람들에게 슬픈 구성원이지."

의사는 병자의 이마를 짚으며 다시 말하겠지.

"이 집에서 머물지 마라. 계속 머물다가는 끝이야."

병자는 제 영혼의 파수꾼을 갈급하며 띄엄띄엄 대화를 이어 갈 거야.

"저기 있는 흰 덮개로 내 무릎을 덮어 줘."

진단서에는 알 수 없는 상형 문자들이 적히고, 의사도 병자도……. 어쩌면 우리는 점을 치며 서로를 속여 가고 있는 걸지도 몰라. 이 세계 속에 무의미한 고통이 계속해서 남아 있는 한 우리의 사유는 결코 만족을 모르며 서로의 끝을 향해 치달아 가겠지. 우리가 우리의 사유로 무언가를 구성하려 할 때마다 경계에 부딪히고, 그 벽 앞에서 손을 땅에 짚고 이마를 맞댄 채로 시꺼먼 그을음을 게워 내는 한에도 말이야. 서로를 안아 줄 방법을 잊어버렸고, 애초에 몰랐으면서도, 낯선 피를 자기 속에 받아들이려고 살갗에 긴 흉터를 남기는 데 익숙한 우리는. 우리는 서로의 일탈의 결과로 태어났고, 바로 그 일탈이 우리를 자유롭게 한다는 것을 일찌감치 알아 버렸고, 병자로 태어나 의사로 죽어 간다.

거즈를 개고 메스를 닦고 청진기를 가지런히 말아 놓듯. 시험하고 점수를 매기고 각주를 달고……. 아무 생각도 하지 않으면서 죽을 때까지 읽고 싶은 책만 읽고 싶다는 생각을 하는 바보들처럼, 아무것도 쓰지 않으면서 죽을 때까지 읽고 싶은 책만 읽다가 죽고 싶다는 생각을 하는 바보들처럼, 마치 태어나 한 번도 책상 앞을 떠나 본 적이 없는 지도 제작자처럼, 결국엔 모든 게 Ghost Writing.

Go! Go! Ghost. 병은 중독이었다. 병자는 한 번도 자신을 가련하게 여긴 적이 없다. 의사는 병자에게 동정을 베풀지 않았고 간호사는 연민의 눈길을 주지 않아서, 병자는 치료받기 전에 증오를 받는 데 익숙해 갔다. 문진의 나날, 병자는 삶을 모두 까발리지만 아무도 그의 환부를 짚어 주지 않았다. 문진표의 하얀 종이 위에는 언제나 텅 빈 주름이 베일이 남아 있었고, 어쩌면 그 부재 속에 아픔이 표기된 것은 아니었을까? 날카롭게 더 날카롭게.

2014/01/03 09:49

팩션 20세

20. 짬뽕밥이라는 것을 처음으로 먹었다. 붉은 국물 속에서 건져지지 않는 당면을 젓가락질하며 '이건 마치 내 삶 같구나.' 생각했다. 1995년에서 1996년으로 넘어가던 1월. 술을 먹고 독일어 사전을 조금씩 찢어 먹었다. 어렴풋이 짐작하기를, 내 삶이 아주 엇나가기 시작했다는 것.

20, 2월. 아주대 행정학과, 중앙대 사회복지학과, 한양대

국문과에 합격했다.

20, 3월. 아버지와 싸워서 등록금이 제일 비싸고 제일 무가치하고 무용한 한양대에 등록했다. 한양대에 가면 이청준과 현길언을 볼 수 있기 때문에.

20, 4월. 이청준은 이미 오래전에 퇴임했고, 현길언은 안산캠퍼스에 있다. 무슨 고전 문학 학교도 아니고, 서당도 아니다.

20, 5월. 여자가 떠났다.

20, 6월. 대학 기말고사를 보다 말았다. 대학을 때려치울 각오를 하고 강원도 홍천으로 갔다. 강원도 홍천에 가서 현대산업개발 아파트 5개 동에 싱크대와 문짝을 넣었다. 비가 와서 쉬는 날이면 짬뽕밥을 먹으며 복권방에서 복권을 긁었다. 자기 위안이 필요치 않은 시절. 고양시 덕양구 화정동 은빛마을 별빛마을 아파트, 경상북도 경주 현대산업개발 아파트. 그렇게 살기로 했던 시절이었다. 벽도 창도 없는 골조의 20층 아파트 옥상에 스티로폼을 깔고 누워 강원도의 별을 보았다.

20, 7월. 홍천강에 몸을 담갔다. 살았다. 1996년에는 커다란 농구 가방과 커다란 신발이 유행했다. 홍천에서 고양으로 현장을 옮기며 서울에 들렀다. 커다란 농구 가방에 전동 드릴과 나사못 묶음과 배터리와 대못과 전동 드라이버를 가득 채웠다. 내 나이 스물, 대학가는 시위였다. 신촌 현대백화점 앞에서 불심 검문에 걸렸다. 형사는 내 가방을 열었다. 닫았다. 말했다. "얼렁 가, 노가다 씹새끼야."

20, 8월. 한양대 노천극장에서 며칠 야숙했다. 사태는 끝났다. 상왕십리 11만 원 고시원 '관방棺房'에 집을 틀었다. 왕십리 재개발 투쟁이 시작되었다. 한양대 직녀관 건물 옥상에서 옥수동 쪽을 보며 담배를 태우다가 보았다. 상왕십리 쪽방 언덕에 선 골리앗 타워에서 한 '인간'이 불덩이가 되어 떨어졌다. 내가 가르치던 야학 아이의 아비였다. 조선대에 다니는 친구 둘이 올라왔다. 교조적. 교조적. 1996년 9월 중순까지 학교로 돌아가지 않았고, 돈을 600만 원 벌었고, 홍천에서는 오입질했다.

20, 8월 말. '너'는 나한테 전화했다. 선생님이 나한테 "너는 지나치게 솔직해서 무섭다."라고 말했다. 소설을 포기하고 시

를 쓴다면 어떨까 생각한다. 드라마를 쓰고 싶었다. 여자는 삐삐에 울음소리를 자주 남긴다. 나도 그런다. 그래서 삐삐 연결음은 〈Start all over〉로 바꾸었지만, 그 의미는 영영 서로를 떠났으면 하는 바람이었다. I'm so gone. 왕십리는 밤에 좋다는 사실을 알았다. 이 무렵에는 자연대 옥상에서 닭이며 토끼를 키우는 생물학과 누나와 친했다.

……略……

2011/01/06 12:38

부비트랩

아주 작은 울음의 허방에 빠졌다.

주어에서 동사까지 무람하게 전진해야 한다.

한때, 당신들은 나의 주어였고 동사였다

한때를 이끌고 나는 나를 여미고 싶다

사랑이라니!

사랑의 문장은 이제 접을 것이다.

2012/08/15 16:11

에필로그

이름 없는 계절의 편지

춘화春畵

송홧가루 바람에 불려 와 어둑한 절, 문은 환하다. 스님은 겨우내 받아 둔 소낙눈을 녹여 차를 우리려고 새 불을 지핀다. 입춘을 지난 대숲은 저 혼자 들릴 만치 낮은 노래를 뇌까린다. 손보아야지 잊고 버려둔 담장에서 개나리 새잎이 돋는다. 돌다리는 꽃 소식을 찾아온 손님으로 붐빈다. 혼자 앉아서는 먼 산이 더욱 가까이 보여서 좋고, 산길 돌아서면 오솔길이 평평하니 펼쳐져 좋다. 유채꽃, 복사꽃도 피어라. 바구니에 향긋한 봄나물은 나누고 나누어도 빛깔이 사위지 않아서 좋다. 푸른 가지를 희롱하며 노는 작은 새 한 마리 좇다 보니 어느새 절집 뒤편 드넓은 차밭. 저물녘이 다 되도록 앉았다가 친구더러 오래 끊긴 소식 물을까? 차밭 너머, 산봉우리 비껴, 먼 산 향나무 우듬지에 내려앉은 구름이 더욱 낮아, 새는 봄비를 만나 눈썹을 씻는다. 고요한 봄 들판에서 늦바람도 잠을 자겠지. 새로 깎은 잔디가 오종종 귀를 세우고 듣는다. 그대 한 소식 했는지.

2014/02/13 18:08. 沃 올림.

겨울에 돌아온 새

눈보라 속을 날아 새가 돌아오는 계절이다. 바람 속에 있다는 것, 자그마한 나뭇가지와 사위어 가는 불빛이 만드는 견고한 고리를 하늘에 그려 놓고, 그렇게 반복해서 소용돌이치는 바람의 반지 속에 빠져든다는 것, 새는 안다, 눈보라 속에 말갛게 떠오는 그 고리는 아마도 인간이 최후에 잠들 수 있는 곳이리라. 휘파람을 불듯이, 부리를 모으고 저녁을 먹는 작은 둥우리의 저녁 밥상. 한 해의 마지막을 기리며 손 모아 기도하는 가족들이 반짝이는 은수저를 식탁에 놓고 마지막 자리에 앉을 손님을 기다리는 고단한 12월의 기나긴 밤. 겨울 저녁 식탁에, 바람 속에, 함박눈 속에는 항상 천천히 걷는 그러나 항상 앞서 걷는 작은 여자가 있다. 작은 여자의 가녀린 등허리가 있다. 그대의 딸, 그대의 아내, 그대의 어머니, 어머니라는 말 속에는 항상 천천히 걷는 그러나 항상 앞서 걷는 위대한 여자가 있다.

2013/10/31 14:43. 沃 올림.

작고 하얗고 아늑한 마음

꽃잎을 들치는 별이 길을 가득 비춘다. 비 개인 아침나절 서로 따르며 비비며 부르는 새 떼. 서리를 맞은 집은 조금 낡았다. 돌담은 무너지지 않으리라 다짐하며 빗장을 건다. 살뜰한 지붕 아래 그대의 연인이 산다. 풀이 누렇게 바래자 열매는 맞춤하게 무겁다. 그대는 두 손으로 열매를 받아 안는다. 벼도 꽃, 별도 꽃, 대나무숲 언저리도 꽃, 그대 머리카락에도 꽃. 바람이 하얀 좁싸라기 같은 메밀꽃을 지평선 끝까지 틔워 올린다. 그대는 거기 눕는다. 이슬 맺힌 꽃대 사이로 반딧불이가 난다. 이윽고 마음의 담장을 허문 그대는 연인을 불러낸다. 메밀꽃밭에 함께 누운 우리들 옆구리께로 작은 길이 펼쳐진다. 과실이 무르익어 메밀꽃 대궁에 제 이마를 댄다. 층층이꽃과 열매 사이에 구름이 계단을 만든다. 낮게 깔린 구름의 계단을 우리 함께 오르자꾸나. 손을 마주 잡자 노란 달이 하늘 가득 차오른다. 사랑하는 그대의 기도가 내 가슴에 오롯이 새겨진다. 깊이깊이 달빛 어룽거리는 강물을 건너 서로 마음의 기슭에 들큼한 속내를 새기고 돌아눕는다. 가을날, 작고 하얗고 아늑하고 한없이 가벼운 그대의 사랑!

2014/08/07 13:15. 沃 올림.

단풍, 빛과 그림자의 유희

사람이 좋아하는 것들이란 '알아 가는 일'보다 '느끼고 사랑하는 일'에 쏠리게 마련인가 보다. 달그림자 높은 전나무에는 서늘한 바람, 가랑비 이내에서 끼치는 다정한 짐승의 냄새, 서리가 친 숲 속 돌다리 위로 이른 단풍이 내려앉는다. 나뭇잎이 색으로 물드는 것도 자연의 일이라 봄여름 사이 자디잔 솜털이며 잎맥으로 키워 온 껍질의 옹골찬 질감과 무늬를 버리고서야, 노랗고 붉은 저만의 색을 입는 것이다. 이른 새벽, 바람을 만나 문을 나서면 왠지 가야 할 길만 멀리 펼친 것 같아……. 단풍나무 숲 언저리에서 듣는 새소리, 연인의 음성, 아가의 꼼지락거리는 움직임, 바람에 쓸리는 풀 나무 새가 보내는 몸짓과 알 수 없는 삶의 리듬에 대한 기억들, 그렇게 공중으로 날아오르는 것들이 펼치는 빛과 그림자의 유희……. 단풍나무 잎은 예측할 수 없고 측량할 수 없는 충동의 결론을 안고 가을을 불태운다. 불태워 여름에 지친 그대를 문밖, 고요한 산책길로 인도하는 것이다.

2013/08/08 07:47. 沃 올림.

숲 속으로 한 걸음

수풀을 따라 자그만 샛길 그 끝에 그대가 알지 못하는 비밀이 눈을 반짝이고 있다. 꽃대를 틔워 올리는 저 결연한 기립. 가지가지 낯선 곳으로 떠나온 그대를 맞이하기 위해 두 손을 부딪친다. 도회 근교, 시냇물과 연못이 가로놓인 정원, 파란 하늘과 뾰족한 산꼭대기, 산등성이에는 오두막이 걸려 있고, 그대는 삶이 여태 한 번도 가르쳐 주지 않은 알 수 없는 즐거움으로 들떠 기진맥진이다. 그대가 잠든 사이에도 풀은 무성해 간다. 맹렬하게 바다를 닮은 푸른빛으로 일렁인다. 아침이면 떠나야겠지. 그대는 이부자리를 개고 창문을 열겠지. 그대는 한없이 가볍고 정화된 대기 속에 두 손을 모으고 바람을 튕기는 잎사귀들처럼 기지개를 켜겠지. 누군가 따뜻한 찻잔을 창턱에 두고 간다. 뿌리에 엉긴 흙을 알알이 털어내듯 두 손 가득 받아 올린 그대는 그것을 짙푸른 여름 하늘에 흩어 뿌린다. 여름풀은 돋아나 줄기를 하늘로 솟구쳐 세운다. 그대는 태양, 숲, 풀밭, 계곡, 언덕 아래쪽으로 달리는 개울물. 숲 속의 빈터를 마주한 맑은 창문.

2014/5/19/ 14:50. 沃 올림.

오방색

지난여름은 비바람을 끼얹었다. 그대는 태풍을 웃는 얼굴로 받아 냈고, 이 땅은 돌아서서 제 안방을 닦았다. 지난여름은 숨 막히는 더위와 저 혼자 지독하게 푸른빛을 과시했다. 그대는 이 땅의 낯선 웃자람을 즐기다 질렸다. 마침내 모든 것을 받아 내기에 지친 자의 얼굴로 오느니, 가을이다. 마침내 모든 것을 받아 내기에 지친 자의 뒷모습으로 슬그머니 건느니, 가을이다. 이 땅의 가을꽃은 기도하는 목을 늘이며 시퍼렇게 지친 들판을 저마다의 빛깔로 물들인다. 나는 이 땅의 오방색을 디뎌 그대 쪽으로 한달음에 가 닿는다. 우산이끼 그늘 작은 화분에 지은 솔이끼 집, 뒤란에는 무람한 사랑으로 커 가는 아가가 있고, 마침내 잎을 떨구는 가을꽃이 있고, 쉬이 날갯짓 보이지 않던 새들은 내처 날아들 것이다. 그대 쪽으로.

2012/08/19 03:41. 沃 올림.

서정적 게으름

초판 1쇄 인쇄 2015년 2월 6일
초판 1쇄 발행 2015년 2월 13일

지은이 신동옥

펴낸이 박세현
펴낸곳 서랍의날씨

기획위원 김근 · 이영주
편집 김종훈 · 이선희 · 장수임
디자인 강진영
영업 전창열

주소 (우)121-250 서울시 마포구 성산동 275-60번지 교홍빌딩 305호
전화 070-8821-4312 | **팩스** 02-6008-4318
이메일 fandombooks@naver.com
블로그 http://blog.naver.com/fandombooks

등록번호 제25100-2010-154호

ISBN 978-89-94792-08-8 03810

서랍의날씨는 팬덤북스의 인문·문학 브랜드입니다.